प्रियदर्शन

प्रियदर्शन का जन्म 24 जून, 1968 को राँची में हुआ। उन्होंने राँची विश्वविद्यालय से अंग्रेज़ी में एम.ए. की पढ़ाई करने के बाद उसी शहर से पत्रकारिता की शुरुआत की।

उनकी प्रमुख कृतियाँ हैं—'ज़िन्दगी लाइव' (उपन्यास); 'बारिश, धुआँ और दोस्त', 'उसके हिस्से का जादू', 'हत्यारा और अन्य कहानियाँ', 'सहेलियाँ और अन्य कहानियाँ' (कहानी-संग्रह); 'यह जो काया की माया है', 'नष्ट कुछ भी नहीं होता' (कविता-संग्रह); 'ग्लोबल समय में गद्य', 'ग्लोबल समय में कविता' (आलोचना); 'इतिहास गढ़ता समय', 'भारत की घड़ी', 'समाज, संस्कृति और संकट' (विचार); 'दुनिया मेरे आगे', 'क्या ये शहर तुम्हारा है? (संस्मरण); 'नए दौर का नया सिनेमा' (फिल्म); 'ख़बर-बेख़बर' (पत्रकारिता)।

उनका एक कविता-संग्रह मराठी में और उपन्यास अंग्रेज़ी में अनूदित हैं। उन्होंने सलमान रुश्दी और अरुंधति रॉय की कृतियों सहित कई किताबों का अनुवाद और सम्पादन भी किया है। विविध राजनैतिक-सामाजिक-सांस्कृतिक विषयों पर तीन दशक से नियमित विविधतापूर्ण लेखन और हिन्दी की सभी महत्त्वपूर्ण पत्र-पत्रिकाओं में प्रकाशन।

उन्हें कहानी के लिए पहला 'स्पन्दन सम्मान' और टीवी पत्रकारिता के लिए हिन्दी अकादमी, दिल्ली के सम्मान से सम्मानित किया जा चुका है।

ई-मेल : priyadarshan.parag@gmail.com

बेटियाँ मन्नू की

मन्नू भंडारी के उपन्यास 'आपका बंटी' और
कई कहानियों पर आधारित नाटक

प्रियदर्शन

राधाकृष्ण पेपरबैक्स

राधाकृष्ण पेपरबैक्स में
पहला संस्करण : 2024

राधाकृष्ण पेपरबैक्स : उत्कृष्ट साहित्य के जनसुलभ संस्करण

राधाकृष्ण प्रकाशन प्रा. लि.
जी-17, जगतपुरी
दिल्ली-110 051
द्वारा प्रकाशित

शाखाएँ : अशोक राजपथ, साइंस कॉलेज के सामने, पटना-800 006
पहली मंजिल, दरबारी बिल्डिंग, महात्मा गांधी मार्ग, प्रयागराज-211 001
1, अनमोल सोराबजी संतुक लेन, धोबी तलाव, मरीन लाइंस, मुम्बई-400 002
वेबसाइट : www.radhakrishnaprakashan.com
ई-मेल : nfo@radhakrishnaprakashan.com

विकास कंप्यूटर एंड प्रिंटर्स
ट्रॉनिका सिटी-201 102
द्वारा मुद्रित

मूल्य : ₹199

BETIYAAN MANNU KI
Play by Priyadarshan

ISBN : 978-93-48157-59-1

क्रम

प्रस्तावना
बेटी की मन्नू : रचना यादव 7

लेखकीय
बेटियाँ मन्नू की जो मेरे भीतर भी जन्मीं : प्रियदर्शन 15

निर्देशकीय
मंचन प्रक्रिया से गुज़रते हुए : देवेन्द्र राज अंकुर 25

नाटक
बेटियाँ मन्नू की 33

बेटी की मन्नू

'बेटियाँ मन्नू की'—प्रियदर्शन द्वारा लिखित और देवेन्द्र राज अंकुर द्वारा निर्देशित यह नाटक कैसे और क्यों बना, इस पर मैं अधिक नहीं कहूँगी क्योंकि पुस्तक में छपे इन दोनों के वक्तव्यों में आपको यह जानकारी मिल जाएगी। नाटक देखकर मेरे मन में क्या विचार आए, बस उसी को संक्षेप में बताने की कोशिश करूँगी।

प्रियदर्शन जी ने नाटक की जो परिकल्पना की, वह एकदम अनूठी है—बिलकुल अलग और प्रयोगात्मक। ऐसी परिकल्पना को मंच पर उतारना भी बेहद चुनौतीपूर्ण था जिसे अंकुर जी के मँजे हुए हाथों ने बख़ूबी अंजाम दिया।

नाटक देखते समय याद करने की कोशिश की कि जब माँ ये कहानियाँ लिख रही थीं, जब वह इन बेटियों को गढ़ रही थीं, तो उनकी मन:स्थिति क्या रही होगी। स्मृतियों को टटोला मगर कुछ अधिक याद नहीं आया। असल में ये कहानियाँ हैं साठ और सत्तर के दशक की, तब मैं छोटी थी और मेरी समझ बहुत कच्ची। शायद

मुझे यह भी ठीक से पता नहीं था कि मेरे माता-पिता लेखक हैं और कहानियाँ लिखते हैं।

मुझे जो कहानियाँ याद हैं वे हैं सत्तर के अन्त और अस्सी-नब्बे के दशक की—त्रिशंकु, मुक्ति, स्त्री सुबोधिनी, गोपाल को किसने मारा, नमक, करतूते मर्दां इत्यादि। इन कहानियों में भी कहीं-न-कहीं नायिकाएँ तो हैं लेकिन इनके विषय दूसरे हैं, नायिकाओं के संघर्ष या उनकी अस्मिता की तलाश इनके केन्द्र में नहीं है। तो क्या हम यह मान लें कि मन्नू जी का मन स्त्री केन्द्रित कहानियों से ऊब गया था? या फिर उनके साहित्यिक सरोकार बदल गए थे? या इसकी कोई और व्याख्या सम्भव है।

मेरा ऐसा अनुमान है कि साठ और सत्तर के दशक में जिन बेटियों को वे गढ़ रही थीं, या यूँ कहिए कि जिन बेटियों के चरित्र रचते हुए उनके माध्यम से वे उस समय की स्त्री को झकझोर रही थीं, उसे उकसा रही थीं, वे अस्सी तक आते-आते साक्षात उनके सामने खड़ी थीं। 'यही सच है' की दीपा, 'आपका बंटी' की शकुन, या 'ईसा के घर इनसान' की जूली को वे अपने आस-पास देख पा रही थीं। शायद उन्हें कहीं यह सन्तोष मिल रहा होगा कि आज की औरत पहले के मुक़ाबले कहीं अधिक सशक्त हो रही है। हालाँकि वे अच्छी तरह जानती थीं कि यह केवल बड़े शहरों की सच्चाई है। मगर अपनी कहानियों के पात्र प्राय: वे अपने आस-पास घटित छोटी-बड़ी घटनाओं से ही लेती थीं, और उनके परिवेश में उन्हें मिलती थीं कलकत्ता-दिल्ली जैसे महानगरों में बसी हुई, रानी बिड़ला कॉलेज और मिरांडा हाउस जैसी संस्थाओं में पढ़ने-पढ़ाने

वाली लड़कियाँ और महिलाएँ, जो अपने अधिकारों के प्रति केवल सचेत ही नहीं हो रही थीं, अपने संघर्ष से उन्हें बाकायदा हासिल भी कर रही थीं। तो शायद कहीं यह बात रही हो कि आज़ादी के बाद महिलाओं की जो स्थिति और संघर्ष थे, जो मन्नू जी को विचलित करते थे, उनमें अस्सी-नब्बे के दशक तक आते-आते काफ़ी बदलाव आ चुका था और उनकी चिन्ता के केन्द्र में धीरे-धीरे देश के राजनीतिक हालात, बढ़ती गरीबी, फैलता भ्रष्टाचार, और पुरुष द्वारा इन सशक्त होती महिलाओं के शोषण जैसी समस्याएँ आने लगी थीं। गरीबों पर अत्याचार की ख़बरें, ज़िन्दा लोगों को जला देने की ख़बरें उन्हें भीतर तक हिला दे रही थीं; और यह सब मुझे याद है। 'महाभोज' लिखने का दौर याद है। याद है चौरासी के दंगों का वह दौर जब दंगे के अगले दिन वो त्रिलोकपुरी जाकर सिख परिवारों के बचे-खुचे लोगों से मिलीं थीं; उन्हें खाना खिलाया था और कई घंटे उनके पास बैठी थीं। वापस आईं तो साथ लाईं कई परेशान रातें, एक बहुत ही दुखी मन और एक कहानी का प्लॉट। मगर शायद वह कहानी कभी पूरी नहीं हो पाई।

अब हुआ यह कि जिन बेटियों को उन्होंने गढ़-गढ़ के साँस लेने के लिए छोड़ दिया था, अपने अधिकारों और अस्मिता के नये एहसास के साथ आगे क्या बढ़ीं, वे तो अपनी रचयिता की आधुनिक मान्यताओं की परिधि ही लाँघने लगीं। मन्नू जी फिर विचलित—'क्या हो गया है आजकल की लड़कियों को! इसको मैं वीमेंस लिबरेशन कतई नहीं मानती। विदेशी कपड़े पहनना, अंग्रेजी बोलना न आधुनिकता है; न किसी सशक्त स्त्री की पहचान' का

तकिया कलाम मैं समय-समय पर सुनती रहती। और इसका सबसे करीबी, जीता-जागता उदाहरण थी उनकी अपनी यह बेटी, यानी 'मैं'। कहानी लिखने के दौरान, वे अवश्य ही उस महिला पात्र के साथ पूरी तरह जुड़ी रहती होंगी जिसे वे उस कहानी के लिए गढ़ रही होती होंगी। लेकिन हर कहानी के साथ पात्र बदलते तो निश्चय ही हर कुछ महीनों बाद वो एक नये पात्र के साथ जीती होंगी। मगर मैं एक ऐसा पात्र थी जो हरदम उनके साथ थी। कहानी के किरदार तो कुछ दिनों के मेहमान रहते। एक कहानी ख़त्म होती होगी और वे नये किरदार की ओर बढ़ जाती होंगी। लेकिन मुझे बनाने-सँवारने का दायित्व किसी एक कहानी तक सीमित नहीं था। चौबीस घंटे मेरे साथ रहना उनके जीवन की वास्तविकता थी। शायद वो हर उस गुण को मुझमें देखना चाहती थीं जिनके द्वारा वे समय-समय पर अपनी अलग-अलग काल्पनिक बेटियों की कल्पनाओं को पंख देती रही थीं। वे चाहती थीं कि मैं उनकी हर आधुनिक मान्यता को बख़ूबी निभाऊँ। तो, बचपन से ही मुझे अस्मितावाद की घुट्टी पिलाई गयी, स्वविवेक और आत्मनिर्भरता का पाठ रटाया गया और अपने निर्णय स्वयं लेने का उन्मुक्त माहौल भी दिया गया। मैं इस धारणा के साथ बड़ी हुई कि मैं बेटे से कम नहीं हूँ। चौदह-पन्द्रह साल की उम्र से ही मुझे बस और ट्रेन में अकेले सफर करने दिया गया और सत्रह साल की उम्र में मुझे गाड़ी चलाना सिखा दिया गया। जहाँ उस समय के अधिकतर माता-पिता अपनी बेटियों को लड़कियों के ही कॉलेज में भेजना पसन्द करते थे, उन्होंने मुझे को-एजुकेशन कॉलेज जाने की सलाह

दी। उनका तर्क था कि लड़कों से मिलना-जुलना और दोस्ती करना स्वस्थ मानसिक विकास के लिए बहुत आवश्यक है। गर्मी की छुट्टियों में उन्होंने मुझे इंटर्नशिपनुमा काम करने की अनुमति दी—फिर चाहे वह किसी अख़बार के साथ हो या फिर किसी दुकान में सेल्स गर्ल की नौकरी हो। वे कहती थीं, 'हर तरह का काम करने की आदत डालो। अपनी पॉकेट मनी ख़ुद कमाओ।' शादी के प्रस्ताव आते तो सबको मना कर देतीं—इसलिए नहीं कि वे शादी के खिलाफ थीं, बल्कि इसलिए कि कोई लड़का उनकी बेटी को वस्तुपरक ढंग से देखने-परखने आए, यह उनकी सोच कतई पचा नहीं पाती। अरेंज-मैरिज के बिलकुल ख़िलाफ़ थीं वे। अपना जीवनसाथी चुनने का महत्त्वपूर्ण निर्णय भी पूरी तरह मुझ पर छोड़ दिया गया था।

लेकिन अब देखिए इसका दूसरा पहलू। ऐसे मुक्त माहौल में पली-बढ़ी 'मैं', जब माँ के पाठ का पूरी तरह पालन करके पन्द्रह साल की उम्र से ही अपने निर्णय स्वयं लेने की राह पर चल पड़ी, और 'स्वस्थ मानसिक विकास' के लिए लड़कों से दोस्ती के साथ-साथ एक-आध के साथ छोटे-मोटे प्रेम प्रसंग में उलझने लगी, तो मेरी मन्नू की पारम्परिक मान्यताएँ न जाने कहाँ से प्रकट हो गईं। 'यह कोई उम्र है प्रेम करने की? एक बार कॉलेज ख़त्म हो जाए, फिर प्रेम करना' जैसे डायलॉग के साथ हम माँ-बेटी के बीच समय-समय पर बहसें होतीं, क्योंकि उन्हीं की सीख के अनुसार, आँख मूँदकर, बिना प्रश्न उठाए, बिना तर्क किये किसी बात को मान लेना तो मेरे पाठ्यक्रम में था ही नहीं।

और इसी स्थिति से, उनके भीतर के इस द्वंद्व से उपजी उनकी कहानी है 'त्रिशंकु' जिसमें वे परम्परा और आधुनिकता के बीच लटकी अपनी ही पीढ़ी का बहुत ख़ूबसूरती और व्यंगात्मक तरीके से बयान करती हैं। अपनी खामियों को तटस्थ भाव से देख पाने और उनके ऊपर तंज कसने की कला में वे माहिर थीं।

यह तो स्पष्ट है कि अपनी लेखन यात्रा के पहले बीस से पच्चीस वर्ष के दौर की अपनी कहानियों द्वारा मन्नू जी ने इतनी महिलाओं को प्रेरित किया, झकझोरा, एक तरह से उन्हें ललकारा, उनके भीतर की आग को सुलगाया, कि वे बहुत स्वाभाविक रूप से आधुनिक हिन्दी साहित्य और समाज की सशक्त नारीवादी लेखिका हो जाती हैं। यह वह दौर था जब हमारे समाज की स्त्री शिक्षित तो हो रही थी, मगर छटपटा रही थी, अपना रास्ता तलाशने की चुनौतियों से जूझ रही थी, अपना अस्तित्व तलाश रही थी। और इस स्त्री की घुटी-घुटी आवाज़ रह-रहकर मन्नू जी के कानों में पड़ रही थी। उन्हें भीतर तक भेद रही थी, कलम उठाने के लिए मजबूर कर रही थी।

तो अन्त में यही कहूँगी कि जहाँ एक तरफ़ मन्नू की हर बेटी ने अपने-अपने ढंग से उनके सरोकारों को पूरा करने का दायित्व निभाया, वहीं दूसरी तरफ़ मन्नू ने समय की बदलती आवाज़ और बदलते सरोकारों को केवल पहचाना ही नहीं, बल्कि अपनी कलम और रचनाओं द्वारा उनके प्रति पूरी शिद्दत से रेस्पॉन्ड करने का दायित्व भी निभाया।

और यह बेटी सभी बेटियों की ओर से तहे दिल से धन्यवाद

देती है, आभार प्रकट करती है अपनी मन्नू का क्योंकि आज वह जो भी बन पाई और कर पाई, उसमें उनका बहुत बड़ा योगदान है।

साथ-साथ धन्यवाद देती है प्रियदर्शन को, देवेन्द्र राज अंकुर को और उन सभी कलाकारों को जिन्होंने मिलकर हम सब बेटियों को इस बात का एक बार फिर से बोध कराया।

—रचना यादव

बेटियाँ मन्नू की जो मेरे भीतर भी जन्मीं

यह फ़रवरी की एक दोपहर थी, धूप में ख़ुशनुमा ऊष्मा थी और दिल्ली के प्रेस क्लब परिसर में वृक्षों से छन-छनकर आती हुई किरणें भली लग रही थीं। उस वक्त वहाँ भीड़ कम थी और एक मेज पर 'हंस' की प्रबन्ध निदेशक और मन्नू भंडारी-राजेन्द्र यादव की बेटी रचना यादव मेरे साथ बैठी हुई थीं।

'मैंने मम्मी के लिए अब तक कुछ नहीं किया है'—रचना यादव ने कहा—'पापा के नाम से तो कई कार्यक्रम हुए लेकिन मम्मी के नाम से कुछ नहीं हुआ'। 3 अप्रैल को मन्नू भंडारी का जन्मदिन पड़ता है, उस दिन वे कुछ करना चाहती थीं, लेकिन कुछ नया। घिसे-पिटे ढंग से श्रद्धांजलि सभा या विचार-गोष्ठी का ख़याल जम नहीं रहा था।

तो उसी बातचीत के दौरान मैंने सुझाव दिया—एक नाटक तैयार किया जाए, मन्नू भंडारी के किरदारों को मिलाकर, उनका आपस में संवाद कराते हुए। विचार जँच तो गया, लेकिन

रचना जी ने कहा, 'इतनी जल्दी कौन लिखेगा? फिर किसी को उसके मंचन के लिए कम-से-कम एक महीने का समय तो देना ही होगा।'

इसी मोड़ पर बहुत हल्की हिचक में कुछ हँसी मिलाते हुए मैंने कहा—'मेरे अलावा कौन! मैं फरवरी के अन्त तक नाट्यालेख दे दूँगा। आप किसी निर्देशक से बात कर सकती हैं।' उन्होंने भी देर नहीं की। देवेन्द्र राज अंकुर से बात कर ली जो कहानियों के मंचन के लिए विशेष तौर पर जाने जाते हैं।

बहरहाल, इस बार कहानी का मंचन नहीं होना था, एक ऐसे लेखक के नाटक का मंचन होना था जो पहली बार नाटक लिखने जा रहा था, तो उन्होंने कहा कि पहले वे स्क्रिप्ट देखेंगे।

ख़ैर, मैं नाटक लिखने के काम में लग गया। कम लोगों को मालूम है कि शुरुआती दौर में मेरा रंगमंच से बहुत सक्रिय जुड़ाव था। 1985 में मैं राँची में 'हस्ताक्षर' नाम की रंग संस्था से जुड़ा था जो शहर में गम्भीर नाटकों के लिए प्रतिष्ठित थी। अगले कई बरस—शायद 7-8 बरस—पूरे समर्पण के साथ मैं अपनी शामें रंगमंच के नाम करता रहा। राँची के अलावा मैंने जमशेदपुर और पटना तक में नाटक किये। इसके अलावा अपनी मंडली की ओर से हमने नुक्कड़ नाटक भी किये। सफदर हाशमी की हत्या के बाद पूरे देश के सांस्कृतिक मानस में जो उद्वेलन पैदा हुआ था, उसका असर राँची पर भी था और वहाँ शहर के मुख्य चौराहे पर हमने लगातार पन्द्रह दिन नुक्कड़ नाटक किये थे। इनमें कुछ में अभिनय करने के अलावा दो नाटकों—चेखव की कहानी 'गिरगिट' और

हरिशंकर परसाई के 'इंस्पेक्टर मातादीन चाँद पर' का निर्देशन भी मैंने किया था।

तो अनुभव की उस थोड़ी सी पूँजी के बल पर मैं यह नाटक लिखने निकल पड़ा था। मन्नू भंडारी को मैंने पहले भी पढ़ रखा था लेकिन लिखने के लिए फिर से पढ़ना ज़रूरी था। एक बात मेरे ज़ेहन में स्पष्ट थी कि मन्नू भंडारी वैसी पारम्परिक मूल्यों वाली लेखिका नहीं हैं जो उन्हें माना जाता है। उनकी साड़ी पहनने वाली, सीधी-सादी दिखने वाली नायिकाएँ विद्रोह करना जानती हैं, आत्मनिर्भरता का मोल समझती हैं और अन्ततः अपनी रूढ़ियों को छोड़ अपनी दैहिक कामनाओं के प्रति भी अकुंठ हो पाती हैं। मेरे इस ख़याल की पुष्टि उनकी कहानियाँ पढ़ते हुए बार-बार हुई। मुझे यह भी ख़याल आया कि मन्नू भंडारी के साथ आलोचकों ने बहुत न्याय नहीं किया है। उनकी रचनाओं में जो आधुनिकता या खुलापन है, वह शायद उनके किरदारों के लिबास में ढक गया है। इसके पहले भी उन पर केन्द्रित अपने दो आलेखों में मैंने इस बात की ओर ध्यान खींचा था। लेकिन पुरानी पढ़ाई अलग थी, नाटक लिखने के लिए मुझे अलग ढंग से पढ़ना था—यह ख़याल रखते हुए कि मैं कौन सी रचनाएँ चुन सकता हूँ और उनके कौन से हिस्से ले सकता हूँ। शुरू में मैंने एक उपन्यास 'आपका बंटी' और चार कहानियों—'यही सच है', 'गीत का चुम्बन', 'नई नौकरी' और 'ईसा के घर इनसान' को अपने नाटक के लिए चुना था। लेकिन बाद में कुछ और कहानियाँ इसमें शामिल होती चली गईं। दरअसल मेरे भीतर यह भी स्पष्ट था कि मुझे मन्नू भंडारी का बचाव नहीं करना है, उनके वकील की

तरह पेश नहीं आना है, अगर उनका कोई अन्तर्द्वंद्व है तो वह भी रेखांकित होना चाहिए और अगर उनके विचार में कोई फाँक है तो वह भी दिखनी चाहिए। एक लम्बे कालखंड में लेखन कर रहे किसी भी लेखक के विचार का एक सहज विकासक्रम होता है जिसमें कई बार अन्तर्विरोध भी दिख सकते हैं, तो सम्भव था कि मन्नू भंडारी के यहाँ भी ऐसे अन्तर्विरोध मिलें। धीरे-धीरे जब नाटक में और भी कहानियाँ आती चली गईं तो बेशक, दो कहानियाँ ऐसी भी मिलीं जिनमें मन्नू भंडारी एक ही मुद्दे पर लगभग अलग-अलग सन्देश देती दिखाई पड़ती हैं। 'एक कमज़ोर लड़की की कहानी' की नायिका जब घर से भागने को होती है, और अपना सामान एक बक्से में सजा चुकी होती है तब अचानक नाटकीय ढंग से लेखिका का एक हस्तक्षेप उसे रोक लेता है। मुझे लगा कि मन्नू भंडारी ने अपनी इस नायिका के साथ कुछ अन्याय किया। लेकिन यह भी ख़याल आया कि लेखिका ने अगर इस लड़की को किसी आदर्श या मॉडल की तरह पेश करना चाहा होता तो उसका नाम 'कमज़ोर लड़की की कहानी' नहीं रखा होता। फिर मुझे एक दूसरी कहानी मिली—'दीवार बच्चे और बरसात', इस कहानी में मन्नू भंडारी घर छोड़कर भागने वाली लड़की के साथ खड़े होने का इशारा करती हैं। कहानी के अन्त में एक दीवार गिर रही है और उससे एक पौधा निकल रहा है। लेकिन मेरे लिए मामला इस कहानी को उस कहानी के समानान्तर खड़ा कर देने भर का नहीं था; यह समझने-समझाने का भी था कि मन्नू भंडारी ने ऐसा क्यों किया? इसका तरीका यह था कि किरदार अपनी लेखिका से सवाल करें। दरअसल यह युक्ति—किरदारों के

लेखिका से सवाल पूछने की—नाटक के बिलकुल शुरू से चली आ रही थी। यह सवाल बंटी पूछता है, शकुन पूछती है, बाक़ी सारे किरदार पूछते हैं। यह एक नाटकीय तनाव पैदा करने की युक्ति भर नहीं थी, कहानियों की अन्तर्वस्तु को किरदारों और लेखक दोनों के अन्तर्द्वंद्व के बीच पहचानने की कोशिश भी थी। इस कोशिश से यह बात भी निकलती है कि जैसे किरदार कथा के बाहर चलते रहते हैं वैसे ही लेखक भी कृतियों के बाहर अपने चरित्रों को नये सिरे से पहचानते रहते हैं।

बहरहाल, इस नाटक की रचना के दौरान मेरे सामने सबसे बड़ा सवाल या सन्देह यही था कि लोगों को यह नाटक समझ में भी आएगा या नहीं। जब आप एक उपन्यास और आठ कहानियाँ चुनते हैं तो दर्शकों से यह उम्मीद नहीं रख सकते कि वे इन सब कथाओं से परिचित होंगे, या फिर उन्हें इनकी स्मृति होगी। ऐसे में नाटक के सिर के ऊपर से निकल जाने का ख़तरा था। इसके अलावा एक ख़तरा—जिसे मैं दर्शक के तौर पर अपने अनुभव से पहचानता रहा था—यह था कि जब आप बहुत सारी कहानियाँ मिलाते हैं तो लेखक का मन्तव्य भले स्पष्ट हो, नाटक टुकड़ों में बँटा हुआ सा लगता है और दर्शक के लिए एक बोझिल किस्म का अनुभव बन जाता है। मंटो, इस्मत चुग़ताई या प्रेमचन्द की कहानियों को जोड़कर बनाए गए कुछ नाटकों का हश्र मैं देख चुका था। बेशक, इन पर केन्द्रित कुछ प्रस्तुतियाँ बहुत अच्छी भी रहीं, लेकिन ज़्यादातर ऐसी रहीं जिनमें दर्शक अपने साथ बहुत कुछ नहीं ले जा सके। जिन दो लोगों ने सबसे पहले इस नाट्यालेख का

पाठ किया—रचना यादव और संजय सहाय—उनके भीतर भी यह सवाल उठ रहा था।

हालाँकि, नाटक लिखते हुए मैंने एक काम यह किया कि सारी कहानियों के लगभग वे अंश उठाए जिनसे मूल कथा का भाव स्पष्ट हो। यहाँ तक कि कहानियों के भीतर अगर संवाद थे तो उन्हें भी नाटक में जस का तस ले लिया ताकि मन्नू भंडारी पर केन्द्रित नाटक में मन्नू भंडारी के गद्य का आस्वाद बना रहे। बेशक, यह मुश्किल काम था। मन्नू भंडारी ने कहानियाँ लिखते हुए जो संवाद लिखे थे, ज़ाहिर है, वे नाटक को ध्यान में रखते हुए नहीं लिखे थे। उनमें से कुछ संकेतात्मक, कुछ अतिरिक्त साहित्यिक और कुछ अतिरिक्त लम्बे थे। फिर जिस दौर में ये कहानियाँ लिखी गईं, उस दौर की हिन्दी भी कुछ अलग थी।

तो मैंने बहुत हल्के बदलावों के साथ लगभग हर कहानी में संवादों को वही रखा जो मूल में थे। लगा कि अगर इनमें कुछ जटिलता भी हो तो उसे कलाकार अपने ढंग से समायोजित कर लेंगे। और देवेन्द्र राज अंकुर द्वारा प्रस्तुत नाटक में बिलकुल यही हुआ। कलाकारों ने बहुत सहजता से वे संवाद जिए। इसके लिए अमित सक्सेना, गौरी, अदिति आर्य और रचिता का आभारी होने की इच्छा होती है—सबने कई-कई किरदारों को निभाया और नाटक को जीवन्त कर दिया।

इस नाट्यालेख को लेकर हमने एक बैठक भी की जिसमें मेरे अलावा रचना यादव, संजय सहाय और देवेन्द्र राज अंकुर थे, जिन्हें इस नाटक का निर्देशन करना था। आपसी बातचीत में कई सुझाव

आए। अंकुर जी ने नाटक के नाम में हल्का-सा बदलाव सुझाया और संवादों में कुछ शब्दों को बदलने की ज़रूरत भी बताई। नाटक को अन्तिम रूप देने के क्रम में रचना यादव ने सुझाया कि इसमें मन्नू भंडारी की अलग सी रचना 'स्त्री सुबोधिनी' को भी शामिल करना चाहिए। उनके सुझाव पर गौर करते हुए मैंने पाया कि उससे भी मन्नू जी के कुछ मन्तव्य स्पष्ट होते हैं। नाटक के तनाव और द्वंद्व को कुछ और गाढ़ा करने के लिए भी कुछ बातें हुईं। अन्ततः एक हफ्ते बाद मैंने नाटक का अन्तिम आलेख निर्देशक को सौंप दिया।

नाटक के लिए हमने पैंतालीस मिनट से एक घंटे तक की समय सीमा रखी थी, जो पर्याप्त साबित हुई। प्रस्तुति के दौरान मन्नू भंडारी की कहानियों में व्यक्त उनके मन्तव्य और उनसे निकलने वाले कई अर्थ स्पष्ट होते रहे और हमारे सारे सन्देह बेमानी साबित हुए। जिन लोगों ने मन्नू भंडारी को पढ़ रखा था और जिन्होंने उन्हें नहीं पढ़ा था—दोनों के लिए यह प्रस्तुति बेहद दिलचस्प थी। नाटक को समझने में उन्हें कोई दिक़्क़त नहीं हुई।

वैसे तो नाटक लिखने के दौरान भी यह हल्का-सा आभास था—जो प्रस्तुति के दौरान स्पष्ट होकर उभरा—कि जाने-अनजाने यह नाटक हिन्दी में एक नया प्रयोग है। दूसरी भाषाओं में ऐसा हुआ हो तो मुझे इसकी जानकारी नहीं है, लेकिन हिन्दी में ऐसे नाटक नहीं मिलते जिनमें अलग-अलग कहानियों के किरदार आपस में बात करते हों, अपने लेखक से सवाल करते हों और उस पर उँगली भी उठाते हों। यहाँ तक कि प्रेमचन्द या मंटो की जिन कहानियों को मिलाकर नाटक हुए हैं, उनमें भी वे कहानियाँ एक-दूसरे से अलग

खड़ी रही हैं—यानी हर कहानी की एक सरहद है और उसके बाद दूसरी कहानी शुरू होती है। लेकिन इस नाटक में किरदारों ने वह सरहद तोड़ दी थी, वह बदल जा रहे थे। यह पूरी प्रक्रिया कुछ इस तरह घटित हो रही थी कि सब कुछ बहुत सहजता से सम्प्रेषित हो रहा था।

निस्सन्देह इसका बड़ा श्रेय निर्देशक देवेन्द्र राज अंकुर को जाता है। यहाँ इस स्वीकारोक्ति की इच्छा हो रही है कि मैंने नाटक की जिस तरह की प्रस्तुति की कल्पना की थी, नाटक उससे बहुत अलग था। कायदे से यह निर्देशक का नाटक था। लेकिन महत्त्वपूर्ण बात यह थी कि जो मैं सम्प्रेषित करना चाह रहा था, वह इस अलग ढंग से भी पूरी तरह सम्प्रेषित हो रहा था। निश्चय ही देवेन्द्र राज अंकुर की रंग-भाषा और रंग-योजना की समझ और उनका अनुभव इस लेखक से कई गुना ज़्यादा रहे हैं और इसी का नतीजा था कि नाटक का मंचन काफ़ी प्रभावशाली रहा। हालाँकि मेरे भीतर यह देखने की उत्सुकता है कि अगर कोई दूसरा निर्देशक कभी यह नाटक करेगा तो किस तरह करेगा।

बहरहाल, 3 अप्रैल की वह शाम मेरे लिए यादगार बन गई। बहुत कम समय वाली डेडलाइन हम पूरी कर चुके थे और नाटक दर्शकों के सामने था। नाटक से पहले एक सेमिनार था जिससे सन्तुष्ट और असन्तुष्ट कुछ लोग अब नाटक की प्रतीक्षा कर रहे थे। राष्ट्रीय नाट्य विद्यालय का सम्मुख सभागार बेशक छोटा है लेकिन वह खचाखच भरा हुआ था, कई लोग प्रेक्षागृह के अँधेरे में कुर्सियों के पास चिपके बहुत तंग सी जगह में किसी तरह खड़े

होकर नाटक देख रहे थे और कुछ दरवाज़े पर अटके से प्रस्तुति पर नज़र टिकाए हुए थे।

नाटक ख़त्म हुआ, तालियाँ बजीं, हम सबके बहुत संक्षिप्त वक्तव्य हुए, और इन सबके साथ एक तृप्ति का एहसास भी रहा कि हमने वह लगभग छू लिया जिसे छूने की कल्पना के साथ यह उद्यम शुरू किया गया था। मुझे लोगों से घिरी रचना दिख रही थीं जिनकी आँखों की कोरों में हल्का-सा कुछ चमक रहा था।

फिर दुहराना होगा कि इसका बहुत श्रेय नाट्य-निर्देशक अंकुर जी और उनके बहुत समर्थ कलाकारों की टीम को भी जाता है जिन्होंने इस नाटक को जीवन्त कर दिया, तो उन सबका आभार। उम्मीद है, यह नाटक चलता रहेगा, मन्नू भंडारी की बेटियाँ दुनिया को बताती रहेंगी कि वे वैसी भर नहीं थीं जैसा उन्हें समझा गया—वे बादल नहीं, बिजलियाँ थीं—और उनकी रोशनी हमारे समय को भी रोशन कर रही है।

धन्यवाद!

—प्रियदर्शन

मंचन प्रक्रिया से गुज़रते हुए

इस साल फ़रवरी की शुरुआत में रचना यादव का सन्देश मिला कि इस बार हम लोग मन्नू भंडारी की किसी कहानी का मंचन न करके उनकी बहुत सारी कहानियों पर आधारित एक नाट्यालेख का मंचन करना चाहते हैं, जिसे प्रियदर्शन लिख रहे हैं। रचना जी ने बताया कि यह विचार प्रियदर्शन जी की तरफ़ से ख़ुद आया था और वह अपने आलेख को मन्नू भंडारी की कहानियों में आए हुए स्त्री चरित्रों पर केन्द्रित करना चाहते हैं। रचना जी ने मुझसे जानना चाहा कि क्या मैं उस आलेख के मंचन में रुचि लेना चाहूँगा? मैंने इसके लिए सहर्ष अपनी स्वीकृति दे दी।

उन्होंने बताया कि 20 फ़रवरी तक प्रियदर्शन जी अपना आलेख हमें भिजवा देंगे। कहने की ज़रूरत नहीं कि 20 फ़रवरी के भीतर-भीतर आलेख हमारे सामने था, जिसे मेरे अलावा रचना यादव और संजय सहाय ने भी अपने-अपने स्तर पर पढ़ लिया था।

आलेख के पहले पाठ में ही मुझे उसमें निहित नाटकीय सम्भावनाएँ दिख गई थीं, फिर भी कुछ बातों को लेकर प्रियदर्शन जी से चर्चा किया जाना ज़रूरी लग रहा था। मुझे लग रहा था कि आलेख अपने वर्तमान रूप में कहानियों में आई सभी नायिकाओं को मन्नू जी के प्वाइंट ऑफ व्यू से ही प्रस्तुत कर रहा है। मैंने सोचा कि क्या हम उसमें इस तरह की सम्भावना की तलाश नहीं कर सकते कि वे नायिकाएँ मन्नू जी की सोच से अलग अपनी कोई सोच लेकर अपना रास्ता बनाएँ और इस तरह से आलेख में नये तरह का तनाव, संघर्ष और दुविधा पैदा होगी। हम यानी—मैं, रचना यादव और संजय सहाय प्रियदर्शन जी से मिले और कमोबेश हम तीनों के ही विचार लगभग एक जैसे थे जिसे हम लोगों ने प्रियदर्शन जी के सामने रखा। उन्होंने हमारे इस सुझाव को बहुत पसन्द किया कि आलेख में जब भी जहाँ भी सम्भव हो, कहानियों की नायिकाओं के हृदय में लेखिका द्वारा तय किये गए निर्णयों को लेकर कोई सवाल, कोई संशय पैदा होने की स्थिति से दर्शकों का सामना कराया जाए। इसके साथ ही मैंने प्रियदर्शन जी को आलेख के शीर्षक में एक मामूली सा परिवर्तन करने का सुझाव दिया। उन्होंने अपनी तरफ़ से शीर्षक दिया था—'मन्नू की बेटियाँ' जो कि अपने-आप में बहुत ही सीधा और सपाट सा है; मुझे लगा कि इसे 'बेटियाँ मन्नू की' में बदल देना चाहिए जो थोड़ा नाटकीय लगता है और मन्नू की बजाय बेटियों को हाईलाइट करता है। यह सुझाव सभी को पसन्द आया।

इस चर्चा के बाद प्रियदर्शन जी उस आलेख के साथ लौट गए

और एक सप्ताह के भीतर ही उन्होंने उस दिन की सारी बातों का संज्ञान लेते हुए एक नया आलेख तैयार करके भेज दिया।

'बेटियाँ मन्नू की' का आलेख बहुत ही रोचक ताने-बाने में बुना गया है और उनके उपन्यास 'आपका बंटी' से शुरू होकर उनकी 'गीत का चुम्बन', 'यही सच है', 'एक कमज़ोर लड़की की कहानी', 'अभिनेता', 'नई नौकरी', 'ईसा के घर इनसान' और 'स्त्री सुबोधिनी' आदि नौ कहानियों के भीतर से गुज़रता है। यदि हर कहानी के लिए अलग-अलग कलाकारों को लाया जाता है तो वह संख्या काफ़ी बड़ी हो जाती है लेकिन मुझे कम-से-कम कलाकारों को एकाधिक भूमिकाओं में रखकर काम करना ज़्यादा रचनात्मक लगता है। हमारे पास कुल जमा चार लोग थे—एक अभिनेता और तीन अभिनेत्रियाँ, इसलिए पूरी प्रस्तुति में सभी पुरुष पात्रों को उसी अभिनेता ने निभाया और तीनों अभिनेत्रियों के हिस्से सारे नारी चरित्र आए जिन्हें उन्होंने सुविधापूर्वक आपस में बाँट लिया। जब भी मैं कहानियों पर आधारित किसी प्रस्तुति की तैयारी में लगता हूँ तो हम सब लोग मिलकर उसका शुरुआती बिम्ब क्या हो सकता है, इसके बारे में सोच-विचार ज़रूर करते हैं। इस बार संयोग से शुरुआती बिम्ब मुझे सहज ही सूझ गया। शायद हमारे पास चार कलाकार थे, इसीलिए ऐसा बिम्ब उभर आया हो, कह नहीं सकता।

बहरहाल, मंच के बीचोबीच चार कुर्सियाँ मंच के चारों कोनों का सामना करती हुई चौराहे की शक्ल में रखी हुई हैं और उन पर चारों कलाकार बैठे हुए हैं। नाटक की शुरुआत बंटी के संवाद से होती है और फिर उसमें बंटी की माँ और बाक़ी कहानियों के दूसरे

पात्र आते-जाते रहते हैं और इस तरह से आख़िरी कहानी तक यही प्रक्रिया चलती रहती है और आलेख का अन्त तीनों नारी कलाकारों द्वारा गाए गए एक गीत से होता है। पहले दस-पन्द्रह दिनों में हमने प्रस्तुति का एक सम्भावित रूप तैयार कर लिया था। जब हमने रचना जी से आकर देखने का आग्रह किया तो उन्होंने कहा कि मैं तो सीधे प्रदर्शन में आऊँगी लेकिन प्रियदर्शन जी देखने आएँगे। इसलिए हम लोगों ने प्रियदर्शन जी से कहा कि वे जिस दिन भी आना चाहें, आ सकते हैं।

एक दिन वे आए और हमने एक-एक कर पूरा रन-थ्रू उनके लिए किया। हम सभी भीतर से थोड़ा नर्वस थे कि पता नहीं लेखक की क्या प्रतिक्रिया होगी। रन-थ्रू समाप्त हो गया तो हमने प्रियदर्शन जी से उनकी प्रतिक्रिया जाननी चाही। प्रियदर्शन जी ने उस सम्भावित प्रस्तुति की खुलकर प्रशंसा की। उनका कहना था कि एक नाटककार के नाते मेरी अपनी एक परिकल्पना थी, लेकिन आप लोगों की प्रस्तुति उससे अलग होते हुए भी अपने दृश्य रूप में बेहद ज़ोरदार है।

अन्ततः 27 मार्च, 2024 को नाटक का पहला प्रदर्शन राष्ट्रीय नाट्य विद्यालय के सम्मुख सभागार में सम्पन्न हुआ। सभागार खचाखच भरा हुआ था। हमें बेहद ख़ुशी है कि दर्शकों ने भी प्रस्तुति के बीच-बीच में अपनी उत्साहवर्द्धक प्रतिक्रियाएँ खुलकर व्यक्त कीं। यह सच है कि कलाकारों ने भी दर्शकों के इस रिस्पॉन्स की कल्पना नहीं की थी। यहाँ तक कि रचना जी भी इसे देखकर गद्‌गद हो गईं, जबकि इससे पहले प्रस्तुति को लेकर वह लगातार बेहद नर्वस

थीं। कुल मिलाकर, कुछ ऐसी रही 'बेटियाँ मन्नू की' के आलेख से लेकर मंचन तक की रचना-प्रक्रिया। दोहराने की ज़रूरत नहीं कि इस रचना-प्रक्रिया में सभी कलाकारों की बराबर हिस्सेदारी रही है। और मैंने उन्हें एक केटेलिस्ट की तरह लगातार पुश करने के अलावा कुछ नहीं किया है।

—देवेन्द्र राज अंकुर

पहले मंचन का पात्र-परिचय

बंटी/निखिल/संजय : अमित सक्सेना
दीपा/एंजिला : गौरी देवल
रमा : रचिता
शकुन : अदिति
प्रकाश व्यवस्था : राघव प्रकाश
ध्वनि व्यवस्था : राजेश सिंह
ध्वनि संचालन : सेहज हरजई
परिधान : गौरी देवल
प्रस्तुति प्रबन्धन : प्रकाश झा
रचनात्मक इनपुट : अमिताभ श्रीवास्तव
निर्देशन : देवेन्द्र राज अंकुर

(3 अप्रैल, 2024 को राष्ट्रीय नाट्य विद्यालय के सम्मुख सभागार में प्रथम मंचन)

बेटियाँ मन्नू की

पात्र

बंटी (जो निखिल, संजय और कुछ अन्य किरदारों में बदलता है)

शकुन

कनिका

दीपा

रत्ना

एंजिला

(इन किरदारों को भी निर्देशकीय कल्पना के मुताबिक आपस में बदला जा सकता है)

[पर्दा खुलते ही मंच पर खुली किताब की तरह बना हुआ दरवाज़ा। दाहिनी-बाईं ओर किताबों की रैक। एक तरफ़ लेखिका मन्नू भंडारी की तस्वीर। एक तरफ़ एक कुर्सी।

खुली किताब जैसे दरवाज़े से टहलता हुआ बंटी सामने आता है।]

बंटी : नमस्कार। मैं हूँ बंटी...याद आया? नहीं आया? कैसे आएगा? यह पूरा समय याद के विरुद्ध ही तो है! सब कुछ भुला देने वाला समय। सब कुछ भूल जाने वाला समय।

(एक ठंडी साँस भरकर) भूलना तो मैं भी चाहता था सब कुछ। लेकिन कुछ भी भूल नहीं पाया।

कैसे भूल सकता हूँ। वह मेरा बचपन था, मेरा जीवन।

[टहलता हुआ किताबों की रैक तक पहुँचता है—एक किताब उठाता है—आपका बंटी।]

चलिए मैं ही याद दिलाता हूँ। एक किताब पलटनी होगी। बहुत पुरानी किताब। हालाँकि इतनी पुरानी भी नहीं। दरअसल समय इतनी तेज़ी से गुज़र रहा है कि गुज़र रहा ज़माना भी गुज़रा ज़माना लगता है।
चलिए मैं ही बता देता हूँ आपको। मैं हूँ बंटी। आपका बंटी।

[30 सेकंड का संगीत—जो थमता है तो बंटी धीरे-धीरे मंच के बीच में आगे आ चुका है। मंच पर बस उसी पर स्पॉट लाइट है।]

बंटी : जी हाँ, मैं शकुन का बेटा हूँ। मैं एक दौर में बहुत रोया हूँ। मेरे साथ आप भी रोए हैं। अब याद आया?

[मन्नू भंडारी की तस्वीर की ओर जाता

है —प्रणाम करता है और फिर इशारा करते हुए]

मुझे मन्नू भंडारी ने गढ़ा था। मुझे भी और मेरी माँ को भी। माँ मेरी बहुत मज़बूत थी। तभी वह तलाक़ ले पाई थी। तब मेरी समझ में नहीं आता था। अब कुछ आता है। शायद वह माँ की नहीं, मेरी कहानी थी। मेरी पूरी कहानी। एक तकलीफ़देह कहानी। कई सवालों से भरी, जो मैं सोचता रहा कि कभी अपनी माँ से पूछूँगा—कभी पूछ नहीं पाया।

(बुदबुदाता हुआ कहता है) मेरी माँ।

[किताब जैसे खुले दरवाज़े से शकुन निकलकर मंच के दूसरे सिरे पर पहुँचती है। उस पर एक स्पॉटलाइट है।]

शकुन : हाँ बेटे, हाँ बंटी। मैं शकुन, तुम्हारी माँ। न जाने कितने बरस बीत गए। कॉलेज में पढ़ाती रही मैं, कॉलेज चलाती रही मैं। लेकिन ज़िन्दगी के उस झंझावाती दौर में कुछ समझ में नहीं आया। *(धीरे-धीरे चलती हुई बंटी के पास आती है। बंटी भी आगे बढ़ता है। शकुन बंटी के हाथ थामती है।)* मैं जानती थी, तुम्हारे पास सवाल हैं। लेकिन मेरे

पास जवाब नहीं थे बेटा। तब तो बिलकुल नहीं थे। मैं तो तब भी सवालों से घिरी थी। सवालों से मुठभेड़ करते-करते प्रश्नविहीन हो गई थी। तेरा डर भी ठीक से समझ नहीं पाई थी।

बंटी : हाँ, अब सोचता हूँ तो भी समझ नहीं पाता—वह किस चीज़ का डर था? असुरक्षा का? नहीं। प्रेम छिन जाने का? शायद वह भी नहीं। क्या यह परिवार के बिखरने का दर्द था जो ग़ुस्सा बनकर निकल रहा था? लेकिन क्या उस उम्र में यह सब समझता था?

शकुन : *(धीरे-धीरे एक किनारे बढ़ती हुई कुर्सी पर बैठ जाती है। बंटी उसे बस देख रहा है)* मैंने तलाक़ लिया था—किसी और से शादी की थी—यह बात कितनी बड़ी थी उन दिनों। ख़ासकर तब जब तेरे जैसा बेटा मेरे पास था। सब कोसते होंगे मुझे। फुफी याद है? लगता था जैसे एक तूफ़ान मुझे मथ रहा है। साँस मेरी घुटती जाती थी। एक भय जैसे मुझे जकड़े रहता था। लेकिन एक ज़िद मेरे भीतर थी। ख़ुद को बचाए रखने की। मगर बेटा, मुझे हमेशा अपने से ज़्यादा तेरी फ़िक्र रही। सोचती रही, चाहती रही कि तुझे तकलीफ़ न हो। लेकिन यह नहीं समझ पाई कि तकलीफ़ कैसे नहीं होगी। जो टूटा था, उसमें तुझे भी तो टूटना

था। अब तक नहीं समझ पाई कि जो किया, वह ठीक था या नहीं।

बंटी : *(माँ को स्तब्ध देखता रहता है)* तब मुझे लगता था, तुमने बहुत ग़लत किया था। पता है? एक बार पापा ने मुझे खिलौने वाली बन्दूक़ भेजी थी। टीटू ने मुझसे पूछा—तेरे पापा साथ क्यों नहीं रहते? तब मेरा मन हुआ था कि वह बन्दूक़ तुम्हारे सीने पर दाग दूँ।

[शकुन कुछ कहती नहीं, फूट-फूटकर रोने लगती है।]

बंटी : मगर रोओ नहीं माँ। मत रोओ। अब मैं बड़ा हो गया हूँ। बहुत कुछ समझने लगा हूँ। अब लगता है, तुमने जो किया था वही कर सकती थीं। वही हो सकता था।

शकुन : ज़रूरी नहीं था कि वही होता बेटा। अगर मैं अपने भीतर की शकुन को मार पाती—फिर तेरे पापा अजय के साथ क्या मुश्किल होती। दिक़्क़त बस इतनी थी कि मेरे भीतर की औरत मर नहीं रही थी। वह जीना चाहती थी—अपनी शर्तों, अपने तर्कों के साथ। और वह जीवन आसान नहीं था।

[वह खो सी जाती है। जैसे अपने-आप से बात कर रही हो।]

शुरू के दिनों में ही एक ग़लत निर्णय ले डालने का एहसास हम दोनों के मन में बहुत साफ़ होकर उभर आया था, जिस पर हर दिन और हर घटना ने केवल सान चढ़ाई थी। क्या हमने कोशिश नहीं की थी कि समझौता हो? लेकिन समझौते का प्रयत्न भी दोनों में एक अंडरस्टैंडिंग पैदा करने की इच्छा से नहीं होता था, वरन एक-दूसरे को पराजित करके अपने अनुकूल बना लेने की आकांक्षा से होता था। तर्कों और बहसों में दिन बीतते थे और ठंडी लाशों की तरह, लेटे-लेटे, दूसरे को दुखी, बेचैन और छटपटाते हुए देखने की आकांक्षा में रातें। भीतर ही भीतर चलने वाली एक अजीब सी लड़ाई थी वह भी, जिसमें दम साधकर हम दोनों ने हर दिन प्रतीक्षा की थी कि कब सामने वाले की साँस उखड़ जाती है और वह घुटने टेक देता है, जिससे कि फिर वह बड़ी उदारता और क्षमाशीलता के साथ उसके सारे गुनाह माफ़ करके उसे स्वीकार कर ले, उसके सम्पूर्ण व्यक्तित्व को निरे एक शून्य में बदलकर।

बंटी : लेकिन अब मैं कई बातें सोचता हूँ। आपको लगता

था कि मेरे भीतर मेरे पापा—अजय बत्रा—हैं। वे वाकई थे। इसलिए मैं आपको और डॉ. जोशी को—आप चाहती थीं कि मैं उन्हें पापा कहूँ—एक साथ स्वीकार करने को तैयार नहीं था। मेरे भीतर बस उखड़ने का एहसास था—बसने की कोशिश मैंने नहीं की। क्योंकि मेरे भीतर जो बच्चा था, उसके भीतर एक पुरुष भी था—वह डॉ. जोशी के बच्चों का दोस्त होने को तैयार नहीं था। अमि और जोत अच्छे थे लेकिन मैं जुड़ नहीं पाया।

शकुन : जो भी हुआ बेटा, तू तो अकेला रह गया हमेशा।

बंटी : लेकिन मैं अकेले रहने के लिए पापा के साथ नहीं गया था माँ। आपको छोड़कर मैंने पापा को इसलिए चुना था कि अपना अधिकार मानता था। लेकिन पापा कुछ और हो चुके थे। वे मुझे बहुत प्यार करते थे—आपकी ही तरह—लेकिन वे मुझे घर पर रख नहीं सके। हॉस्टल भेज दिया।

शकुन : *(मन्नू भंडारी की तस्वीर की ओर देखते हुए)* क्या मुश्किल कहानी लिखी थी आपने। ख़ुद तो भूमिका में लिख गईं कि मैं इस त्रिकोण की किसी एक भुजा को न अस्वीकार कर सकी, न ग़लत सिद्ध कर सकी। पात्र अपनी-अपनी दृष्टि, संवेदनाओं की सीमा में एक-दूसरे को ग़लत-सही कहते रहते हैं।

कई बार लगता है, आपसे झगड़ा करूँ। क्यों मुझे ऐसा बनाया?

बंटी : लेकिन ऐसा न बनाया होता तो क्या होता माँ? हम और आप यहाँ होते? इस मंच पर? दुनिया क्यों याद रखती शकुन को?

शकुन : न रखती याद तो क्या होता बंटी। हम और तुम इतने दुख तो न झेलते।

बंटी : कौन जानता है माँ। तुम दुखों के बोझ से दबकर ख़ुद को मार बैठी होतीं, यानी अपनी शख़्सियत को। हिन्दुस्तान की ज़्यादातर औरतें तो यही करती रही हैं न—ख़ुद को मारकर जीने का काम। असली अन्याय तो उन्होंने मेरे साथ किया। मुझे न रचा होता तो तुम दोनों के टकराव में मैं न पिसता।

शकुन : कई बार लगता है, वे तुम्हारी ही कहानी लिख रही थीं—उस बंटी की—जो मेरे और तुम्हारे पापा या डॉ. जोशी के सम्बन्धों के बीच लगभग फालतू हो गया था।

बंटी : लेकिन वो जी आपको रही थीं। आपका रोना असल में उनका रोना था।

शकुन : मेरा जीना भी रे। क्योंकि वो न चाहतीं तो क्या मैं तलाक़ ले पाती। उस समय तलाक़ लेना किसी लड़की के लिए पाप से कम नहीं था। वे न चाहतीं

तो दूसरी शादी कर पाती? आसान था वो सब? उन्होंने शकुन को जीने दिया—उसके जीने के रास्ते बनाए। भले इसके लिए उन्हें तुझे हॉस्टल भेजना पड़ा।

बंटी : हाँ, इसी मोड़ पर ख़त्म हुई थी कहानी। मैं रेल के डिब्बे में बैठा था। देख रहा था, डिब्बे में बैठे लोग, सामान बाँधते पिता। सवेरे का उजाला चारों ओर फैल गया था। मैं रो रहा था और मेरे आँसुओं में सब कुछ धुँधला हो गया था—पापा का चेहरा भी।

शकुन : हाँ यहीं ख़त्म हुई थी कहानी।

बंटी : लेकिन कहानियाँ कहाँ ख़त्म होती हैं माँ। वे चलती रहती हैं। किरदार बचे रहते हैं—तमाम लोगों के भीतर—वे सोचते रहते हैं—काश ऐसा हुआ होता, काश ऐसा न हुआ होता। ज़माना उनको नये रंग देता रहता है।

शकुन : दरअसल वे एक जीवन लिख रही थीं। सिर्फ़ एक कहानी के ज़रिये नहीं, तमाम कहानियों में, तमाम किरदारों में। वो स्त्रियों के दुख समझती थीं, उनके भय, उनका अकेलापन और चाहती थीं कि वे ख़त्म हों। मैं और तुम उनकी कहानियों में नाम बदलकर, रूप बदलकर, रिश्ते बदलकर लौटते रहे बार-बार।

बंटी : हाँ, मुझे लगता है कि निखिल भी मैं ही हूँ। तुम्हें याद है निखिल?

शकुन : क्यों भूलूँगी—मैं कनिका नहीं थी हालाँकि। लेकिन लगता है, वह भी मेरी कोख से ही निकली थी। भूलती नहीं वह प्यारी सी लड़की जो गाती थी।

[मंच के तीसरे कोने में एक लड़की तानपुरे पर गा रही है।]

गीत

दिल का जलना किसने देखा
जख्म का पलना किसने देखा
अधूरी प्रतीक्षाएँ रहीं और रही प्रेम की सुलगन
अपनी ही तृष्णाओं के वन में भटकता रहा मन
कोई चला गया कोई छला गया
अपनों का छलना किसने देखा
दिल का जलना किसने देखा।

[तानपुरा रखती है।]

नमस्कार, मैं कनिका हूँ। कभी शकुन मेरे जैसी रही होंगी। या कभी बाद में मैं शकुन जैसी हो जाऊँगी। लेकिन अभी तो मैं कनिका हूँ। और मुझे याद आता रहता है निखिल। पता नहीं, निखिल को मैं याद हूँ या नहीं।

(बंटी अब निखिल बना हुआ) कहानियाँ ख़त्म हो जाती हैं, किरदार बचे रहते हैं—हमारी यादों में एक-दूसरे में ढलते हुए। इस कहानी में मैं निखिल हूँ।

निखिल कनिका के पास पहुँचता है—कैसी हो कनिका। तुम्हें कैसे भूल सकता हूँ? तुम्हारा थप्पड़ खाया है मैंने। और अब तक शर्मिन्दा हूँ।

कनिका : *(अचानक खड़ी हो जाती है। तानपुरा एक तरफ़ टिकाती हुई।)* अरे, कहाँ से चले आए आप?

निखिल : जहाँ से तुम चली आईं! देखता हूँ भूली नहीं हो मुझे। मेरा ही लिखा गीत गा रही थीं।

[वह तानपुरा उठाकर मुस्कराती हुई एक पंक्ति फिर गाती है—दिल का जलना किसने देखा।]

कनिका : वह पहली मुलाक़ात याद है?

निखिल : हाँ, याद है। लेकिन उससे ज़्यादा वह अन्तिम मुलाक़ात याद है।

[कनिका चुपचाप अपनी साड़ी का पल्लू मोड़ती रहती है।]

कनिका : शायद वह मैं नहीं थी।

निखिल : तो कौन था?

कनिका : मेरे भीतर एक लड़की थी जिसे संस्कारों की घुट्टी पिलाई गई थी।

निखिल : वह लड़की थी बहुत प्यारी। मैं उसे छोड़ आया, लेकिन कभी भूल नहीं पाया।

कनिका : मैं भी उस लड़के को भूल नहीं पाई।

निखिल : याद हैं वे दिन?

कनिका : हाँ, याद हैं। यादों के सुनहरे पर्दे सा ही मेरा जीवन है।

निखिल : हाँ वह एक सुनहरा पर्दा था—या सपना था।

[दोनों स्वप्नबिद्ध जैसे मंच के आर-पार एक-दूसरे को काटते हुए चलते जाते हैं। बार-बार एक सिरे से दूसरे सिरे तक—स्वप्न का आभास देता प्रकाश।]

निखिल : मैं लिखता था।

कनिका : मैं गाती थी।

निखिल : मैंने तुम्हारे लिए कितने गीत लिखे थे।

कनिका : वे सब के सब मैंने गाए थे।

निखिल : तुम मशहूर होती चली गई थीं।

कनिका : तुम थे उस प्रसिद्धि का आधार।

निखिल : वह दर्द भरा गीत मुझे अब भी याद है।

कनिका : वह अन्तिम गीत...

निखिल : तुम उस दिन अद्‌भुत लग रही थीं।

कनिका : मैं गीत में डूब गई थी।

निखिल : मैं तुममें डूब गया था।

कनिका : मैं बेख़बर थी बिलकुल।

निखिल : और मैंने तुम्हें चूम लिया था।

[झटके से दोनों रुकते हैं, प्रकाश अचानक तीखा हो जाता है, हल्का संगीत तेज़ आवाज़ के साथ बन्द होता है। दोनों कुछ दूरी पर ठहरे-ठहरे एक-दूसरे को देख रहे हैं।]

कनिका : क्या नादानी की थी मैंने। आपको थप्पड़ मार दिया था।

निखिल : नादानी तो मैंने की थी—समझ नहीं पाया था कि दैहिकता के बाहर भी स्त्री-पुरुष मैत्री होती है।

कनिका : फिर आपने चिट्ठी लिखी थी। याद है वह चिट्ठी?

निखिल : बिलकुल याद है—एक-एक शब्द।

[दोनों साथ आते हैं—हाथ ऊपर करते हैं जैसे चिट्ठी पढ़ रहे हों।]

निखिल : *(पत्र पढ़ता हुआ)*

प्रिय कुन्नी, यों तो चलने से पहले मैं तुमसे माफ़ी माँगने आया था पर यहाँ आने पर फिर पत्र लिखने की इच्छा हो रही है। अपने उस दिन के व्यवहार

से मैं बेहद लज्जित हूँ। बात यह है कुन्नी कि आज तक मैं जितनी भी लड़कियों के सम्पर्क में आया हूँ, सबने मेरी ऐसी हरकतों का स्वागत किया है, बल्कि यों कहूँगा, ऐसी हरकत करने के लिए प्रेरित किया है। मुझे अफ़सोस है कि मैंने तुम्हें भी उन साधारण लड़कियों की कोटि में ही समझ लिया, पर तुमने अपने व्यवहार से सचमुच ही बता दिया कि तुम ऐसी-वैसी लड़की नहीं हो—साधारण लड़कियों से भिन्न हो, उनसे उच्च, उनसे श्रेष्ठ।

कनिका : *(उससे कुछ दूर जाती हुई)* उफ़्फ़। फिर वही शब्द—उच्च और श्रेष्ठ। पता है, मैंने वह चिट्ठी उसी समय फाड़कर फेंक दी थी। क्योंकि मैं साधारण थी, साधारण रहना चाहती थी।

निखिल : काश कि इस साधारणता का मुझे भान होता।

कनिका : काश कि मैंने आपके साथ वह व्यवहार न किया होता।

निखिल : काश, काश, काश—हमारे जीवन में इतने काश क्यों रह जाते हैं?

कनिका : क्योंकि अपने आकाश को हम ठीक से पहचानने से डरते हैं। मैं भी डर गई थी। चाहती थी, वह चुम्बन दुबारा होता, लेकिन इस चाहने की राह बेहद-बेहद दुर्गम थी।

निखिल : *(मन्नू भंडारी की तस्वीर को देखता हुआ)* हमें रचने वाली भी कमाल थीं। वे क्या साबित करना चाहती थीं?

कनिका : कुछ साबित करना नहीं चाहती थीं। जो था उसे लिख रही थीं—जो बदलना चाहिए था, उसे भी लिख रही थीं।

[अब निखिल और कनिका एक-दूसरे को विपरीत दिशाओं में काटते हुए संवाद बोलते रहते हैं।]

निखिल : कई बार मुझे लगता है, वे परम्परा में धँसी थीं—सीधी-सादी लड़कियों की कहानियाँ लिखती थीं।

कनिका : उन सीधी-सादी लड़कियों का काम देखो। वे परम्परा को अँगूठा भी दिखा देती थीं, कपड़ों में पारम्परिक भले हों, विचारों में आधुनिक होती थीं।

निखिल : घर से भागने वाली लड़कियाँ उन्हें पसन्द नहीं थीं। 'एक कमज़ोर लड़की की कहानी'—यही नाम था उस कहानी का न? रूप घर से भागने को तैयार थी। बक्से में कपड़े भी भर लिये थे। लेकिन फिर हमारी लेखिका ने ऐसी स्थिति बना दी कि आख़िरी दृश्य में वह कपड़े निकालती और भागने की योजना रद्द करती दिखाई पड़ती है।

कनिका : कई बार मुझे लगता है—रूप के साथ उन्होंने कुछ अन्याय किया। जिस आदमी ने उसे हमेशा समझा, उस ललित के साथ वो जाना चाहती थी। क्या होता, अगर भाग जाती। क्यों रोक लिया था उन्होंने उसे? रूप होती तो शायद यही कहती।

रूप : मैं हूँ, यहीं हूँ। मैं आज तक सोचती हूँ, उस एक लम्हे में मैं कमज़ोर क्यों पड़ गई।

निखिल : कहा न, उनके भीतर एक द्वंद्व था शायद। शील और विद्रोह के बीच का।

रूप : लेकिन मुझे तो कोई विद्रोह नहीं करना था। मुझे तो बस ललित के साथ जीवन जीना था। एक अनजान जगह बाँध दिया जाना मुझे स्वीकार नहीं था। *(टहलती हुई मन्नू भंडारी की तस्वीर के पास आती है)* क्यों किया आपने ऐसा मेरे साथ? आपसे मेरी ये शिकायत जीवन भर रहेगी। जीवन भर।

कनिका : उन्होंने कुछ नहीं किया, तुमने ख़ुद किया अपने साथ। लेखक नहीं, किरदार ही बढ़ाते हैं कहानियाँ। तुमने साहस नहीं किया। आज़ादी में एक मोल साहस का भी होता है। वह साहस न हो तो आज़ादी नहीं मिलती।

रूप : लेकिन कहाँ से करती साहस? उन्होंने सारे दुर्भाग्य तो मेरे ही नाम लिख रखे थे। जब बड़ी हो रही थी तो माँ का साया सिर से उठा दिया। पिता

दिया तो ऐसा जो पढ़ाने को तैयार नहीं था। क्या नहीं हो सकती थी मैं? सौभाग्य की तरह मिले मामा-मामी। वहीं मिला ललित। उसे भी छीन लिया।

कनिका : लेकिन यहीं तो कहीं हिम्मत कर लेतीं। कर ही लिया था। निकल पड़तीं। पिता के एक अनुभव पर क़दम पीछे खींच लिया।

निखिल : एक दूसरी कहानी याद करो। 'दीवार बच्चे और बरसात' याद है? वहाँ तो वह घर से भागने वाली लड़की के साथ खड़ी हैं।

कनिका : हाँ, और कितना सुन्दर बिम्ब चुना है उन्होंने—एक गिरी हुई दीवार का और एक खिल रही नन्ही पौध का।

निखिल : लेकिन ऐसा क्यों करती थीं वे? एक जगह दीवार खड़ी कर देती थीं और दूसरी जगह दीवार तोड़ देती थीं।

रूप : मेरी दीवार तोड़ने में वे कुछ मदद कर सकती थीं। उन्होंने नहीं की।

कनिका : लेकिन जो साहस तुमने नहीं किया, वह दूसरों से कराया। शायद कोई दुविधा रही हो उनके मन में। उन्होंने प्रेम भी देखा था और उसके नाम पर होने वाला छल भी। वे जानती थीं कि बराबरी की लड़ाई आसान नहीं है। लड़कियों का विद्रोह

उन्हें मंजूर था, लेकिन विद्रोह के नाम पर किसी और जाल में फँसना नहीं। कहानी 'अभिनेता' को याद करो। रंजना के साथ होने वाला धोखा। रंजना उससे निकल जाती है।

निखिल : तो वे कहना क्या चाहती थीं।

कनिका : वे उस दौर में पहली बार घर से निकलकर नौकरी करने वाली लड़कियों की कहानी लिख रही थीं। उन लड़कियों की, जो अपने पैरों पर खड़ी हो रही थीं, जो गीत सीख रही थीं, जो चित्र बना रही थीं, जो प्रेम कर रही थीं, जो प्रेम के बीच चुनाव कर रही थीं। ठीक से देखो—लड़कियों को उन्होंने पूरा स्पेस दिया। मुझे भी। कितना कुछ गाने दिया उन्होंने।

[फिर तानपुरा उठाकर दो पंक्तियाँ गाती है।]

लेकिन सबसे बड़ा काम उन्होंने ये किया कि बताया कि मेरे भीतर भी इच्छाएँ हैं, कामनाएँ हैं। उन्होंने लड़कियों को अपना प्रेमी चुनने का भी हक़ दिया।

निखिल : शायद, यही सच है।

कनिका : हाँ यही सच है।

निखिल : लगता है, अगली कहानी शुरू होगी और मुझे

कुछ और बनना पड़ेगा। संजय या फिर निशीथ? या दोनों?

(दोनों एक साथ—यही सच है।)

[मंच पर अँधेरा—बहुत हल्के संगीत के साथ रोशनी होती है।

एक कोने पर दीपा है। किताबों की रैक पर एक गुलदान रख दिया गया है जिसमें रजनीगन्धा के फूल हैं। दीपा कुछ गुनगुना रही है—रजनीगन्धा फूल तुम्हारे।]

दीपा : आपको याद है? मैं दीपा हूँ। मैं तो याद होऊँगी ही? कैसे भूल जाएँगे? मुझ पर तो फ़िल्म बन चुकी है। और जिन पर फ़िल्में बनती हैं, वो तो फिर भी याद रख लिये जाते हैं। लेकिन छोड़िए—यह बेकार की बात है। असली बात ये है कि मैं अब भी यहाँ हूँ। और मुझे किसी का इन्तज़ार है।

[फिर समय देखती है। फिर कुछ बेचैनी से टहल रही है—फिर रुकती है।]

क्या कहूँ? मेरा एक अतीत है। अभी पीएच.डी. कर रही हूँ। इस सबके बीच नौकरी खोजने का

चक्कर है। लेकिन पढ़ाई नहीं कर पा रही। क्योंकि संजय की राह देख रही हूँ। वो हमेशा देर से आता है। आएगा—रजनीगन्धा के फूल लिये। फिर मुझे मना भी लेगा। लेकिन इससे क्या? मेरा जो समय बर्बाद होता है, वह कैसे ठीक होगा? अरे, वह आ गया!

[बंटी इस बार संजय बनकर]

संजय : बहुत नाराज़ हो?

दीपा : *(कुछ रूठी हुई-सी)* मुझे क्या करना है नाराज़ होकर?

संजय : तुम्हीं बताओ क्या करता। क्वालिटी में दोस्तों के बीच फँसा था। बहुत कोशिश करके भी उठ नहीं पाया। सबको नाराज़ करके आना अच्छा भी नहीं लगता।

दीपा : *(दो क़दम आगे बढ़ती है—दर्शकों से मुख़ातिब)* इच्छा होती है, कह दूँ—तुम्हें दोस्तों का ख़याल है। उनके बुरा मानने की चिन्ता है। मेरी नहीं। पर कुछ कह नहीं पाती। एकटक उसके चेहरे की ओर देखती रहती हूँ। उसके साँवले चेहरे पर पसीने की बूँदें चमक रही हैं। कोई और समय होता तो मैंने इसे अपने आँचल से पोंछ दिया होता। मगर आज नहीं। वह मन्द-मन्द मुस्करा

रहा है। उसकी आँखें क्षमायाचना कर रही हैं।

[संजय पीछे से आकर उसके दोनों कन्धों पर हाथ रख देता है, मगर वह दर्शकों से ही मुख़ातिब है।]

दीपा : पर मैं क्या करूँ? मुझे उसकी इसी बात पर ग़ुस्सा आता है। हमेशा इसी तरह करेगा और फिर दुनिया भर का लाड़-दुलार दिखलाएगा। वह जानता जो है कि इसके आगे मेरा क्रोध टिक नहीं पाता।

[संजय गुलदान की तरफ़ बढ़ता है—नये फूल सजाता हुआ]

दीपा : फिर उठकर वह गुलदान के पुराने फूल फेंक देता है और नये फूल लगाता है। फूल सजाने में वह कितना कुशल है! एक बार मैंने यों ही कह दिया था कि मुझे रजनीगन्धा के फूल बड़े पसन्द हैं तो उसने नियम ही बना लिया कि हर चौथे दिन ढेर सारे फूल लाकर मेरे कमरे में लगा देता है। और अब तो मुझे ऐसी आदत हो गई है कि एक दिन भी कमरे में फूल न रहें तो न पढ़ने में मन लगता है, न सोने में। ये फूल जैसे संजय की उपस्थिति का आभास देते हैं।

[फिर वह अचानक संजय की ओर मुड़ती है—अब उसे सम्बोधित करते हुए]

सुनो, इरा ने लिखा है कि किसी दिन भी मेरे पास इंटरव्यू का बुलावा आ सकता है, मुझे तैयार रहना चाहिए।

संजय : कहाँ, कलकत्ता से? *(कुछ याद करते हुए, फिर एकाएक ही उछल पड़ता है)* अगर तुम्हें वह जॉब मिल जाए तो मज़ा आ जाए, दीपा, मज़ा आ जाए!

दीपा : क्या तुम चाहते हो मैं तुमसे दूर चली जाऊँ? कलकत्ता?

संजय : अरे नहीं यार, तुम्हें यह जॉब मिल जाए तो मैं भी अपना तबादला कलकत्ता ही करवा लूँ, हेड ऑफ़िस में। यहाँ की रोज़ की किचकिच से तो मेरा मन ऊब गया है। कितनी ही बार सोचा कि तबादले की कोशिश करूँ, पर तुम्हारे ख़याल ने हमेशा मुझे बाँध लिया। ऑफ़िस में शान्ति हो जाएगी, पर मेरी शामें कितनी वीरान हो जाएँगी!

दीपा : *(दीपा उसे प्यार से देखती रहती है)* हाँ, ऑफिस का रोज़ का झगड़ा मुझे सुनाते हो और अब

कलकत्ता जाकर रहोगे मेरे साथ। *(फिर कुछ चिन्तित सी)* लेकिन मुझे तो इंटरव्यू में जाते हुए बड़ा डर लगता है। पता नहीं, कैसे-क्या पूछते होंगे! मेरे लिए तो यह पहला ही मौक़ा है।

संजय : *(खिलखिलाकर हँसते हुए)* तुम भी एक ही मूर्ख हो! घर से दूर, यहाँ कमरा लेकर अकेली रहती हो, रिसर्च कर रही हो, दुनिया भर में घूमती-फिरती हो और इंटरव्यू के नाम से डर लगता है। क्यों? *(वह गाल पर हल्की-सी चपत जमा देता है।)* और देखो, आजकल ये इंटरव्यू आदि तो सब दिखावा-मात्र होते हैं। वहाँ किसी जान-पहचान वाले से इन्फ्लुएंस डलवाना जाकर!

दीपा : पर कलकत्ता तो मेरे लिए एकदम नई जगह है। वहाँ इरा को छोड़कर मैं किसी को जानती भी नहीं। अब उन लोगों की कोई जान-पहचान हो तो बात दूसरी है।

संजय : *(कुछ अर्थपूर्ण ढंग से)* और किसी को नहीं जानतीं? *(चेहरे पर नज़रें गड़ाकर)* निशीथ भी तो वहीं है?

दीपा : *(कुछ भड़कती हुई)* होगा, मुझे क्या करना है उससे?

संजय : *(छेड़ते हुए)* कुछ नहीं करना?

दीपा : (भभक पड़ती है) देखो संजय, मैं हज़ार बार तुमसे कह चुकी हूँ कि उसे लेकर मुझसे मज़ाक़ मत

किया करो! मुझे इस तरह का मज़ाक़ ज़रा भी पसन्द नहीं है!

संजय : *(हँसते हुए)* अच्छा अभी निकल रहा हूँ।

[उसे कुछ रूठी हुई-सी जाता देखती रहती है।]

दीपा : निशीथ। संजय ने क्यों निशीथ का नाम लिया? उससे मैं नफ़रत करती हूँ—बस नफ़रत।

[मंच की रोशनी धीरे-धीरे मन्द पड़ती है—संगीत बदलता है—कुछ दिन बीतने का आभास।]

[मंच पर फिर दीपा है—सामने की ओर देखती, कुछ सोचती, मन्नू भंडारी की तस्वीर की ओर बढ़ती हुई।]

दीपा : ऐसा क्यों किया आपने? मुझे निशीथ से क्यों मिलवा दिया? कलकत्ता गई, नौकरी भी मिल गई, लेकिन निशीथ भी मिल गया! फिर से! मैंने उसे अपनी ज़िन्दगी से निकाल फेंका था। आप अपनी कहानी में उसे फिर न लातीं तो क्या होता?
दीपा को भटकने क्यों दिया? 18 साल की उम्र में किया था वह प्यार। कितनी टूटन मिली थी।

आँसुओं और सिसकियों का वह दौर कैसे भूल गई मैं? क्या इसलिए कि मेरे भीतर निशीथ कहीं बचा हुआ था? क्या मैं संजय में भी निशीथ को देखती थी? या इसलिए कि उसने मेरी मदद की तो मैं पसीज गई? उसने एक मरे हुए पौधे को जिला दिया। मैंने उसे यहाँ से चिट्ठी भी लिख दी। और उसका वह औपचारिक-सा उत्तर। आपने यह क्या किया? क्यों किया? और अब मैं क्या करूँ। मैं इन रजनीगन्धा के फूलों को क्या कहूँ? क्या बताऊँ संजय को? सच तो ये है कि निशीथ मेरा अतीत था, संजय मेरा वर्तमान है—इसे कभी अतीत नहीं होने दूँगी।

[दरवाज़े से फिर संजय आता है।]

संजय : क्या हुआ दीपा? कैसा रहा कलकत्ता?

दीपा : *(अचानक फूट-फूटकर रोने लगती है)*

संजय : क्या हो गया है तुम्हें, पागल हो गई हो क्या?

दीपा : *(रोती हुई)* तुम कहाँ चले गए थे संजय?

संजय : क्या हो गया? कलकत्ता का काम नहीं मिला क्या? मारो गोली काम को। तुम इतनी परेशान क्यों हो रही हो उसके लिए?

दीपा : *(धीरे-धीरे सँभलती है। संजय से कुछ दूर जाती हुई—जैसे याद कर रही है)* नौकरी मिल गई थी

संजय। लेकिन कुछ और भी होते-होते बचा। मैं भटक सी रही थी। भावना की लहर थी और तर्क का जाल। मैं फँसी जा रही थी।

संजय : *(मुस्कराता है)* निशीथ मिल गया था न?

दीपा : *(उसे निर्निमेष देखती हुई)* हाँ मिल गया था, लेकिन वह एक क्षण था—निकल गया जीवन से।

[उसके गले लग जाती है।]

तुम ही जीवन हो—यही क्षण सत्य है, बाक़ी मिथ्या था। बाक़ी भ्रम।

संजय : हाँ, यही सच है।

दीपा : *(उससे अलग होती हुई)* लेकिन हमारी लेखिका ने यह खेल हमारे साथ क्यों खेला? क्या इसलिए कि उन्हें अपनी कहानी दिलचस्प बनानी थी? एक प्रेम त्रिकोण बनाना था? बताओ संजय, क्यों?

[तभी अलग-अलग विंग से शकुन और कनिका भी चली आती हैं।]

शकुन : हाँ, यह सवाल मैंने भी बार-बार अपने-आप से पूछा, अब भी पूछती हूँ—क्यों किया ऐसा आपने? इतनी दुविधाएँ क्यों पैदा करती रहीं?

कनिका : आज भी हम यह प्रश्न पूछ रहे हैं। क्या हम कच्ची मिट्टी के लोंदे हैं जिन्हें आप बार-बार फेंटती रहीं

और हमें अलग-अलग नाम़ और स्थितियाँ देकर गढ़ती रहीं?

शकुन : दीपा, तुममें मैं भी कुछ समाई हूँ। जैसे तुम कनिका के भीतर हो।

दीपा : शायद, हम सब एक-दूसरे में जीते रहते हैं। लेकिन यह मेरे प्रश्न का उत्तर नहीं है।

कनिका : प्रश्नों के उत्तर नहीं होते दीपा। प्रश्नों के बाद आगे के प्रश्न होते हैं। उत्तर बस जिज्ञासाओं के होते हैं—तथ्यात्मक, तर्कसम्मत उत्तर।

दीपा : लेकिन क्या जीवन तथ्यों और तर्कों के पार चला जाता है?

संजय : मैं कुछ बोलूँ? मैं तो सब हूँ—मैं ही बंटी हूँ, मैं ही गीत हूँ और मैं ही संजय भी। शायद निशीथ भी।

शकुन : *(हँसती है)*—अब तो यह बात कहावत बन चुकी है कि सारे मर्द होते भी एक जैसे हैं।

कनिका : *(वह भी कुछ हँसती हुई)* ऐसा नहीं कि उनकी कहानियों में सब एक जैसे थे, लेकिन उनके कई गुण आपस में मिल जाते थे।

संजय : लेकिन मेरी बात समझने की कोशिश करो।

दीपा : बोलो संजय, बोलो।

संजय : वे अपने किरदारों को चुनाव करने का मौक़ा देती थीं।

कनिका : मुझे तो नहीं दिया था?

शकुन : मुझे तो पूरा दिया था। और तुम्हें भी तो कनिका। कम-से-कम बेझिझक तुम अपनी वो इच्छा रख पाईं जो नहीं रख पातीं।

कनिका : हाँ, शायद। उन्होंने मुझे बुरी लड़की या ऐसी-वैसी लड़की कहलाने के डर से बाहर निकाला।

संजय : यही उन्होंने दीपा के साथ भी किया।

शकुन : हाँ, सोचो तो ज़रा। एक लड़की दो-दो लड़कों से प्रेम करती नज़र आती है। एक छूटता है, दूसरे को लगता है छोड़ देगी, लेकिन फिर उसी के पास लौट जाती है।

दीपा : रुको-रुको। कितने अजीब ढंग से बात हो रही है यहाँ। लगभग फूहड़ ढंग से। एक को छोड़ना, दूसरे को पकड़ना—ऐसा नहीं था।

संजय : *(हँसते हुए)* फिर क्या था?

दीपा : *(कुछ तुनककर)* तुम तो नहीं ही समझोगे।

शकुन : *(दीपा को समझाती हुई)* अरे दीपा, उसने तो सबसे ज़्यादा समझा। उसने तुम्हें समझा।

कनिका : वही तो दीपा, अन्याय मत करो संजय के साथ।

दीपा : *(अब कुछ संकोच में)* हाँ, शायद। सॉरी संजय। दरअसल देखो, निशीथ से मिली थी तो मैं बस 18 साल की थी। लेकिन जब लगा कि उसने मेरा अपमान किया तो उससे मुँह मोड़ लिया। उसके आगे झुकी नहीं। तुम जब आए तो मेरे जीवन में

रजनीगन्धा की ख़ुशबू लौटी। मैं दरअसल ख़ुद को खोज रही थी और तुममें भी अपने को ही पाया। वाकई उन्होंने मुझे चुनने का मौक़ा दिया। यह उस समय किस लड़की को मिलता था।

शकुन : वे असल में अपने आस-पास की दुनिया देख रही थीं। पहली बार शहर में आई लड़कियाँ, नौकरी करती लड़कियाँ, पति का घर सजाती लड़कियाँ। उन्होंने सबकी कहानी लिख डाली।

कनिका : यह ध्यान रखते हुए कि लड़की अपने को मार न डाले। लड़की जो भी तय करे, ख़ुद करे। नौकरी करनी है तो भी। नहीं करनी है तो भी। अगर हालात से मजबूर हो तब भी ये ख़याल उसे आए कि वह बस इसके लिए नहीं बनी है।

दीपा : मुझे अचानक याद आ गई।

संजय : क्या।

दीपा : क्या तो नाम था!

कनिका-शकुन : किसका?

दीपा : उस कहानी का—हाँ, 'नई नौकरी'। याद है 'नई नौकरी'? वह भी हम जैसी ही एक लड़की थी। तो चलो संजय। अब तुम बन जाओ कुन्दन।

[फिर अँधेरा, फिर संगीत, इसके बाद उजाला—इस बार एक टाई लगाकर

संजय कुन्दन बन गया है। उसके कुछ पीछे रमा खड़ी है।]

कुन्दन : सोफ़ा का कपड़ा कम पड़ गया है, तुम ख़ुद लाकर दे देना। इनके ज़िम्मे कर दिया तो समझो सब चौपट। दरवाज़े-खिड़कियों का वार्निश आज ज़रूर पूरा हो जाना चाहिए और देखो, प्लम्बर आएगा तो जहाँ-जहाँ के नल और पाइप ख़राब हों, सब ठीक करवा लेना।
और हाँ...इंटीरियर-डेकोरेटर्स वालों के यहाँ फ़ोन ज़रूर कर देना। यह पार्टीशन बिलकुल नहीं चलेगा। डिज़ाइन क्या बताया था, बनवा क्या दिया, रबिश!

[वह हाथ हिलाता हुआ निकल जाता है]

रमा : *(स्वगत)* कितना आगे निकल गया है कुन्दन। मुझे बहुत पीछे छोड़कर। मैं अकेली रह गई हूँ। महीने भर पहले ही तो मैं कुन्दन के साथ निकलती थी। वो मुझे कॉलेज छोड़कर दफ़्तर जाता था। लेकिन अब—मैं भी एक सामान हो गई हूँ—सोफ़े, परदे, खिड़की-दरवाज़े की तरह। या फिर एक मशीन जिसे वो आदेश देकर चला जाता है। तब मैं घर में काम करने वाले को आदेश देती थी, जिस पर वो हँसता था—कहता था—कितनी हिदायत

दोगी। अब मुझे हिदायत देता है। महीने भर में क्या कुछ बदल गया?

[फ़ोन की घंटी बजती है]

रमा फ़ोन उठाकर—कौन? हाँ-हाँ मिसेज़ बर्मन? कहिए-कहिए, क्या ख़बर है?

मिसेज़ बर्मन की आवाज़—कॉलेज छोड़े महीना होने आया, एक बार सूरत तक नहीं दिखाई। आउट ऑफ़ साइट...!

रमा : *(कुछ झेंपती हुई)* अरे नहीं-नहीं, कुछ फँसी सी रह गई।

मिसेज़ वर्मन की आवाज़—आज लंच के समय आओ न, साथ बैठकर खाएँगे। तुम्हारे चले जाने से हमारा डिपार्टमेंट तो सूना ही हो गया। लंच के समय तो तुम्हें बहुत ही मिस करते हैं। और एक तुम हो कि जाने के बाद ख़बर तक नहीं ली....

रमा : क्या बताऊँ, इस नये घर को ठीक कराने के चक्कर में इतनी व्यस्त रही कि उधर आ ही नहीं सकी। अच्छा यह बताइए सुधा, मालती, जयन्ती सब कैसी हैं?

मिसेज़ वर्मन की आवाज़—कहा न, आज आ जाओ। सबसे मिल भी लेना, खाना भी साथ खाएँगे।

रमा : आज? आज तो सम्भव नहीं होगा मिसेज़ बर्मन! बहुत सारे काम अटके पड़े हैं। *(क्षमायाचना के-से स्वर में)* बस एक सप्ताह और ठहर जाइए, फिर अपने इस नये घर की पार्टी दूँगी...देखिएगा, अपनी रमा का कमाल...देखेंगी तो समझेंगी कि एक महीने तक क्या करती रही।

मिसेज़ बर्मन : अरे भूल मत जाना—एक महीना दो महीना और दो साल में बदल जाता है।

[रमा हँसते हुए माफ़ी माँगते हुए फ़ोन काटती है]

रमा : क्या वाकई? एक महीना कितनी पुरानी बात लगता है? कल ही तो प्रिंसिपल ने कहा था।

(शकुन सामने आती है) हाँ मैं ही थी प्रिंसिपल। मुझे अन्देशा था, नौकरी छोड़कर रमा घर न बैठ जाए। इसलिए दिया था गुलदस्ते के साथ एक पार्कर पेन भी। कहा था, मिसेज़ चोपड़ा, आप इसी पेन से अपनी थीसिस पूरी करिए। जब भी वापस काम करने का मन हो, बिना किसी संकोच के चली आइए, यहाँ आपका हमेशा ही स्वागत है।

रमा : *(अपने-आप से)* क्यों आई ऐसी नौबत? और क्या ये बुरी नौबत है? आख़िर कुन्दन को एक शानदार

नौकरी मिली थी। घर में बहुत पैसे आ रहे थे। ये घर इसी पैसे से तो सज रहा है। किसी न किसी को तो रुकना होता। वैसे भी इसके लिए हालात बनते जा रहे थे। मुझे तो पता तक नहीं चला। कुन्दन बस अपने नये जॉब में खोया रहता। मुझे भी पार्टियों में ले जाना चाहता था। मैं अपना काम तक नहीं कर पा रही थी, न किताबें पढ़ पा रही थी, न बच्चों को पढ़ाने के लिए तैयारी कर पा रही थी। और तभी मैंने हताशा में सोचा था—छोड़ दूँगी नौकरी ही। अब भी याद है वो दिन।

[हल्के संगीत के बाद]

कुन्दन और रमा दोनों बैठे हैं।

रमा : *(बिलकुल हताश स्वर में)* मुझसे यह सब निभता नहीं।

कुन्दन : क्या नहीं निभता?

रमा : यह रवैया मेरे बस का नहीं है, कितना गिल्ट फ़ील करती हूँ। बिना तैयारी किये पढ़ाना, लगता है लड़कियों को चीट कर रही हूँ। दो घंटे का समय भी मुझे अपने लिए नहीं मिलता।

[कुन्दन चुप है—बस एक हूँ...करता है।]

रमा : बेटे की रिपोर्ट देखी? हमेशा फर्स्ट आया करता था, इस बार सेविंथ आया है।

कुन्दन : तो तुम उसे पढ़ाया करो!

रमा : कब पढ़ाया करूँ, तुम्हीं बताओ? शाम को पाँच से सात बजे का जो समय मिलता है, उसमें वह खेलने जाता है।

कुन्दन : तो तुम्हीं बताओ मैं क्या करूँ?

रमा : *(परेशान सी)* कल मुझे पेपर पढ़ना है। पन्द्रह दिन पहले टॉपिक मिला था। एक लाइन भी नहीं लिखी है...अब कोई झूठा बहाना ही तो बनाना पड़ेगा। दस साल पूरे हुए...छह-आठ महीने में अपनी थीसिस सबमिट कर देती तो मेरा सिलेक्शन-ग्रेड में आना निश्चित ही था, पर ऐसी हालत रही तो...।

[रमा रो पड़ती है।]

रमा : अब निभता नहीं, कल इस्तीफ़ा दे दूँगी।

कुन्दन : *(कुछ मज़ाक़िया लहजे में)* छोड़ो भी यार, वैसे भी क्या रखा है एंशिएंट हिस्ट्री पढ़ाने में! चोल वंश, चेदि वंश के बारे में न भी जानेंगे तो कौन-सी ज़िन्दगी हराम हो जाएगी!

[रमा चुप हो जाती है।]

इससे तो तुम ख़ूब किताबें पढ़ो, मैग्ज़ीन्स पढ़ो...

कुछ छुटपुट क्लासेज़ अटैंड कर लो। बंटी को पढ़ाओ। दुनिया भर के बच्चों को पढ़ाओ और अपना बच्चा निगलेक्ट हो...

तुम्हें शायद लग रहा है कि मेरी वजह से, इस नई नौकरी की वजह से तुम्हें अपना काम छोड़ना पड़ रहा है...पर यह तो सोचो, मुझे ही इस नौकरी में क्या दिलचस्पी है? तुम्हारे लिए, बेटे के लिए...

रमा : मैंने तो ऐसा नहीं कहा। मैं तो यही सोच रही थी कि आख़िर मेरे मन के सन्तोष का क्या होगा?

कुन्दन : मेरा सन्तोष, तुम्हारा सन्तोष नहीं है, मेरी तरक़्क़ी, तुम्हारी तरक़्क़ी नहीं है?

रमा : है क्यों नहीं? मेरा यह मतलब नहीं था। दस साल से काम कर रही थी...छोड़ दूँगी तो मेरा मन कैसे लगेगा?

कुन्दन : मैं तो सोचता हूँ, तुम्हें यह सब सोचने का समय ही नहीं मिलेगा।

[फिर संगीत के साथ अँधेरा—और रोशनी लौटने पर रमा मंच पर अकेली]

रमा : वाकई समय नहीं मिला। एक महीना निकल गया। मैं क्या करती रही? घर सजाती रही। नहीं, घर सजाना बुरा नहीं। लेकिन क्या मैं वह भी कर रही थी? वह सब कुन्दन कर रहा था—अपनी पसन्द

से, अपने पैसे से। उसने अपनी ख़ुशी को मेरी ख़ुशी में बदल डाला। मैं तो बस उसके आदेश का पालन कर रही थी। मेरा-उसका रिश्ता क्या इसी बात से बदल गया था कि वह एक अच्छे पैसे वाली नौकरी कर रहा था और मेरे पास कोई नौकरी नहीं रह गई थी? बच्चों को पढ़ाते-पढ़ाते मैं जीवन के सबक कैसे भूल गई? एक तारीख़ आई—वह सैलरी लेकर आया—उसने हिसाब लगा रखा था—इतने पैसे महरी के, इतने पैसे ख़ानसामा के...और बचे हुए इतने मेरे। यह मेरी नई नौकरी थी।

[रमा रो पड़ती है—धीरे-धीरे बाक़ी तीनों लड़कियाँ शकुन, कनिका और दीपा चलती हुई पास आती हैं।]

शकुन : रमा, ये तुम्हारी कहानी भर नहीं है। तमाम लड़कियों की कहानी है।

कनिका : हाँ, यह समझने में बहुत समय लगा कि लड़कियों का अपना आर्थिक आधार होना चाहिए।

दीपा : मन्नू जी ने कितनी सहजता से हमें ये समझा दिया।

शकुन : उन्होंने बहुत सारी बातें समझाईं। वे स्त्री मन को भी समझती थीं और उसके साथ किये जाने वाले छल को भी।

कनिका : वे जानती थीं कि संस्कारों के नाम पर लड़कियों की इच्छा कैसे कुचली जाती है। कैसे ख़ुद लड़कियाँ ये मानने लगती हैं कि यही उनकी इच्छा है।

दीपा : बहुत सफ़ाई से उन्होंने बहुत गहरी बातें कह दीं, जो कहना आसान नहीं था।

शकुन : हाँ, स्त्री के शरीर को लेकर, उसकी कामना को लेकर, उसको भगवान के नाम से डराने वाले शैतानों को लेकर।

रमा : मुझे भी याद है। उनकी वो कहानी...।

कनिका : कौन सी?

रमा : 'ईसा के घर इनसान'।

शकुन : मैं समझ गई। मैं वहाँ भी थी। पढ़ाती थी। सब मुझे मिसेज़ शुक्ला कहते थे। मुझे वह कॉलेज बहुत पसन्द था। पहाड़ों से घिरे शहर के एकान्त में बसा कॉलेज।

रमा : कॉलेज के सामने ही एक जेल थी। मैं भी तो थी—रत्ना थी मैं। मिसेज़ शुक्ला के साथ ही रहती थी।

मिसेज़ शुक्ला : वह एक मिशनरी कॉलेज था। चर्च भी था और नन्स का हॉस्टल भी।

रत्ना : शुरू में तो सारा स्टाफ़ नन्स का ही था।

मिसेज़ शुक्ला : लेकिन मदर बहुत अच्छी थीं—सबका ख़याल रखने वाली। तुम मेरे बाद आई थीं।

रत्ना : कितनी सारी नन्स थीं—हँसती-खिलखिलाती-मुस्कराती आती थीं। बाद में उन्हें पता नहीं क्या हो जाता था।

मिसेज़ शुक्ला : जूली, लूसी—कितने नाम, कितनी कहानियाँ, कितना कुछ था वहाँ।

रत्ना : लूसी शुरू में कितनी ख़ुश रहती थी। लेकिन बाद में जैसे मुर्दनी छा गई थी उस पर।

मिसेज़ शुक्ला : और जूली याद है तुम्हें?

रत्ना : उसे कैसे भूल सकती हूँ। उसको लेकर तो बड़ा हंगामा हुआ था।

मिसेज़ शुक्ला : हाँ, अब तक याद है मुझे। अचानक सरीन ने आकर दी थी ख़बर।

कनिका : हाँ मैं ही तो थी सरीन।

[संगीत—तीस सेकंड का गैप—मंच पर हल्का परिवर्तन]

सरीन : *(कनिका अब सरीन है)*—ग़ज़ब हो गया शुक्ला आज तो! अब जूली का पता नहीं क्या होगा?

मिसेज़ शुक्ला : *(कुछ घबराहट के साथ)* क्यों, क्या हुआ?

सरीन : जूली फोर्थ ईयर का क्लास ले रही थी। कीट्स की कोई कविता समझाते-समझाते जाने क्या हुआ कि उसने एक लड़की को बाँहों में भरकर चूम लिया। सारी क्लास में हल्ला मच गया और पाँच मिनट

बीतते-न-बीतते बात सारे कॉलेज में फैल गई। मदर बड़ी नाराज़ हुईं और चिन्तित भी। जूली को उसी समय चर्च भेज दिया और वे सीधी फादर के पास गईं।

[सरीन रहस्यमय ढंग से मिसेज़ शुक्ला को देखती है]

मिसेज़ शुक्ला : *(कुछ बेजान ढंग से)* लगता है, अब जूली के भी दिन पूरे हुए!

रत्ना : मुझे सारी बात ही बड़ी विचित्र लग रही है। लड़की-लड़की को किस कर ले! जूली के दिन पूरे हो गए? कैसे दिन? मैं कुछ समझ नहीं पा रही? फादर क्या करेंगे, कुछ सज़ा देंगे?

मिसेज़ शुक्ला : अभी-अभी तो रत्ना, जूली की ही बात कर रही थी और अभी तुम यह ख़बर ले आईं। सुनते हैं, जूली पहले जिस मिशनरी में थी, वहाँ भी इसने ऐसा ही कुछ किया था, तभी तो उसे यहाँ भेजा गया कि फिर कभी कोई ऐसी-वैसी हरकत करे तो फादर का जादू का डंडा घुमवा दिया जाए।

रत्ना : *(कुछ बेताबी से)* जादू का डंडा? बताइए न क्या बात है? आप लोग तो जैसे पहेलियाँ बुझा रही हैं।

सरीन : अरे, क्यों इतनी उत्सुक हो रही हो? थोड़े दिन यहाँ

रहोगी तो सब समझ जाओगी। यहाँ के फादर एक अलौकिक पुरुष हैं, एकदम दिव्य! कोई कैसा भी पतित हो या किसी का मन ज़रा भी विकारग्रस्त हो, इनके सम्पर्क में आने से ही उसकी आत्मा की शुद्धि हो जाती है। दूर-दूर तक बड़ा नाम है इन फादर का। बाहर की मिशनरीज़ से कितने ही लोग आते हैं फादर के पास, आत्म-शुद्धि के लिए।

रत्ना : चलिए, मैं नहीं मानती। मन के विकार भी कोई ठोस चीज़ हैं कि फादर ने निकाल दिये और आत्म-शुद्धि हो गई।

मिसेज़ शुक्ला : लो, इन्हें फादर की अलौकिक शक्ति पर विश्वास ही नहीं हो रहा है। इसमें अविश्वास की क्या बात है? हमारे देश में तो एक-से-एक पहुँचे हुए महात्मा हैं, तुमने कभी नहीं सुना ऐसी महान आत्माओं के बारे में?

रत्ना : सुनने को तो बहुत कुछ सुना है पर मैंने कभी विश्वास नहीं किया।

सरीन : अच्छा, अब जूली को देख लेना, अपने-आप विश्वास हो जाएगा। लूसी, जो आज इतनी मनहूस लगती है, यहाँ आई थी तब क्या जूली से कम चपल थी? फिर देखो! फादर ने तीन दिन में ही उसका काया पलट कर दिया या नहीं?

[संगीत के साथ अँधेरा, फिर दृश्य में वापसी]

रत्ना : मुझे अब भी याद है, तीन दिन बाद दिखी थी जूली। वो चर्च का मैदान पार कर नीची नज़रें किये धीरे-धीरे कॉलेज की तरफ़ आ रही थी। एक बार इच्छा हुई कि दौड़कर उसके पास पहुँच जाऊँ, पर जाने क्यों पैर बढ़े ही नहीं। मैं जहाँ-की-तहाँ खड़ी रही। वह मेरे पास आई, पर बिना आँख उठाए, बिना एक भी शब्द बोले वैसी ही शिथिल चाल से गुज़र गई। मैं अवाक्-सी उसका मुँह देखती रही। दो दिन में ही क्या हो गया था इस जूली को?

सरीन : हाँ, मुझे भी याद है। फादर ने उसके ऊपर जादू का डंडा घुमाया या उसे जन्तर-मन्तर का पानी पिलाया, पर जूली हँसना भूल गई। उसकी सारी शोखी, सारी हँसी, सारी मस्ती जैसे किसी ने सोख ली हो। उस दिन किसी ने जूली से बात नहीं की, शायद मदर का ऐसा ही आदेश था। पर जूली के इस नये रूप ने मेरे मन में विचित्र-सा भय भर दिया। लगता था जैसे जूली नहीं, उसकी ज़िन्दा लाश घूम रही है। सिस्टर ऐनी ने इतना ज़रूर कहा कि फादर ने उसकी आत्मा को पवित्र कर

दिया, उसकी आत्मा के विकार मिट गए; पर मुझे लगता था जैसे जूली की आत्मा ही मिट गई थी, मर गई थी।

मिसेज़ शुक्ला : मैं तो पहले ही जानती थी। पता नहीं, कैसी शक्ति है फादर के पास। रात में सोई तो बड़ी देर तक दिमाग़ में यही सब चक्कर काटता रहा। कभी लूसी और कभी मेरी की शक्लें आँखों के सामने घूम जातीं। उन्हें देखकर लगता था मानो वे अपने से ही लड़ रही हैं, अपने को ही कुतर रही हैं, एक अजीब खिजलाहट के साथ, एक अजीब आक्रोश के साथ।

रत्ना : जबकि वे भी जीवित आत्माएँ थीं। कॉलेज की बड़ी लड़कियों को हँसी-ठिठोली करते देख उनके दिलों से बराबर ही सर्द आहें निकल जाया करती थीं। उनके जवान दिलों में उमंगों और अरमानों की आँधियाँ नहीं मचलती थीं और उनकी आँखों में वह कान्ति और चमक नहीं थी, जो इस उम्र की ख़ासियत होती है। ऐसा लगता था इनकी आँखें, आँखें न होकर दो क़ब्रें हैं जिनमें उनके मासूम दिलों की सारी तमन्नाओं को, सारे अरमानों को मारकर सदा-सदा के लिए दफ़ना दिया हो।

सरीन : कभी समझ नहीं पाई, कि ऐसा क्या करते थे फादर?

रत्ना : याद करती हूँ तो झुरझुरी सी होती है।

मिसेज़ शुक्ला : कुछ था जो बहुत भयावह था।

तीनों एक साथ : क्या था, वह क्या था?

[पृष्ठभूमि से ज़ोर के अट्टहास की आवाज़—सब एक-दूसरे को घबराई-सी देखती है—आवाज़ इतनी तेज़ हो जाती है कि वो अपने कानों पर हाथ रख लेती हैं। धीरे-धीरे अट्टहास थमता है और वे अपने-आप में लौटती हैं।]

सरीन : क्या वो धर्म का डंडा था?

रत्ना : क्या वो स्त्रियों की इच्छा को कुचलने का ज़रिया था?

मिसेज़ शुक्ला : क्या फादर के पास कोई अद्वितीय शक्ति थी? या बस पुरुष होने का दर्प था जिसे धर्म की शह हासिल थी। वो कितने सौम्य दिखते थे!

रत्ना : लेकिन एक दिन वो दर्प टूटा था।

सरीन : एक दिन फादर हारे थे।

मिसेज़ शुक्ला : उस दिन जैसे उनकी ताक़त निचुड़ गई थी। हाँ, और उसके बाद एक और लड़की आज़ाद हुई थी।

[फिर दृश्य में पीछे लौटते हुए]

मिसेज़ शुक्ला : तुम्हें पता है, आज क्या हुआ?

रत्ना : मैंने सुना है, कुछ हुआ, लेकिन क्या?

मिसेज़ शुक्ला : मैं जब चर्च के मैदान में पहुँची तो एक लड़की के चीखने-चिल्लाने की आवाज़ आ रही थी। मैं देखने को बरामदे में चली गई कि क्या हो रहा है। देखा कि एक बहुत ही ख़ूबसूरत नन हाथ पैर पटक-पटककर बुरी तरह चिल्ला रही थी। सारी सिस्टर्स उसे सँभाले हुए थीं, मदर बड़ी बेचैनी से उसे शान्त करने की कोशिश कर रही थीं, पर वह थी कि चिल्लाए चली जा रही थी। तीन-चार सिस्टर्स ने उसे पकड़ रखा था।

रत्ना : अच्छा, कौन है वो?

मिसेज़ शुक्ला : एंजिला नाम है उसका। ऐसा रूप मैंने आज तक नहीं देखा। संगमरमर की तरह सफेद उसका रंग और मक्खन की तरह मुलायम देह। चेहरे पर ऐसा लावण्य कि उपमा देते न बने! और उस लावण्यमयी चेहरे पर वे दो नीली आँखें, जैसे समुद्र की गहराइयाँ उतर आई हों। मैं सच कहती हूँ कि यदि कोई एक बार भी उन नीली आँखें को देख ले तो कम-से-कम इस ज़िन्दगी में तो वह उन्हें चाहकर भी न भूल पाए।

रत्ना : ओह!

मिसेज़ शुक्ला : हाँ, तीन-चार सिस्टर्स ने उसे पकड़ रखा था, उसके

बावजूद वह बुरी तरह हाथ-पैर पटक रही थी। वो अपने कपड़े फाड़ रही थी। सब उसके कपड़े ठीक करने में लगे थे। वह चिल्ला रही थी।

एंजिला : *(चिल्लाती हुई)* देखो मेरे रूप को...मैं अपनी ज़िन्दगी को, अपने इस रूप को चर्च की दीवारों के बीच नष्ट नहीं होने दूँगी। मैं ज़िन्दा रहना चाहती हूँ, आदमी की तरह ज़िन्दा रहना चाहती हूँ। मैं इस चर्च में घुट-घुटकर नहीं मरूँगी...मैं भाग जाऊँगी, मैं भाग जाऊँगी...। हम क्यों अच्छे कपड़े नहीं पहनें? हम इनसान ही हैं..? मैं नहीं रहूँगी यहाँ, मैं कभी नहीं रहूँगी। देखो मेरे रूप को...

मिसेज़ शुक्ला : फिर किसी ने आकर कहा—इसे फादर ने एकदम अभी बुलाया है, इसलिए इसे वहीं ले चलिए! सबने मिलकर उसे ज़बर्दस्ती उठाया। लेकिन वह चिल्लाती जा रही थी।

एंजिला : मैं फादर को भी दिखा दूँगी कि ज़िन्दगी क्या होती है, यह सब ढोंग है मैं यहाँ नहीं रहूँगी...।

मिसेज़ शुक्ला : लेकिन सबसे हैरानी की बात जानती हो? इस सबसे दूर एक खिड़की के सहारे लूसी खड़ी थी। उसके चेहरे पर एक विशेष प्रकार की चमक आ गई थी, जैसे मन-ही-मन वह इस सारी घटना से बड़ी प्रसन्न हो।

रत्ना : अच्छा! अरे, लूसी इन दिनों काफ़ी बदल गई है। आपने गौर किया है? अब वह हँसती-बोलती मिलती है।

सरीन : मैं जानती हूँ इसकी वजह। अनिमा का भाई आया है। उससे इसकी ख़ूब पट रही है।

मिसेज़ शुक्ला : पता नहीं, क्या-क्या होने जा रहा है हॉस्टल में।

रत्ना : एंजिला को फादर के पास भेज दिया गया है। अब फादर उसका क्या करेंगे, शायद जूली की तरह उसके हृदय का यह बवंडर भी सदा-सदा के लिए शान्त हो जाएगा और फिर ज़िन्दगी भर उसका यह चाँद को लजाने वाला रूप चर्च की दीवारों के बीच ही घुट-घुटकर नष्ट हो जाएगा और वह अपनी इस बर्बादी पर एक ठंडी साँस भी नहीं भर सकेगी।

सरीन : मगर एंजिला को रोकना आसान नहीं है। यह यहाँ नई आई है। कहते हैं यह चर्च से भाग गई थी, पर फिर पकड़ ली गई। इसके बाद पागलों जैसा व्यवहार करती थी, सो इसे फादर के पास भेज दिया।

रत्ना : अब क्या होगा? फादर आख़िर करते क्या हैं?

[फिर पृष्ठभूमि से पुरुष अट्टहास—फिर तेज़ संगीत जो धीरे-धीरे अट्टहास के साथ मन्द पड़ता है।]

मिसेज़ शुक्ला : दो दिन तो हो गए। आज तो मदर भी नहीं आईं। कल से वे फादर की कॉटेज पर ही हैं। सुनते हैं एंजिला क़ाबू में नहीं आ रही है, उसका पागलपन वैसे ही जारी है। हम लोगों को भी उधर जाने की इजाज़त नहीं है।

रत्ना : हाँ, इसका तनाव हर तरफ़ दिख रहा है।

मिसेज़ शुक्ला : अरे देखो, यही है न एंजिला। आ रही है सामने से।

रत्ना : मैं बात करती हूँ। सिस्टर एंजिला! आप कहाँ जा रही हैं?

एंजिला : *(पहचानने का प्रयास-सा करती हुई)* मुझे कोई नहीं रोक सकता, जहाँ मेरा मन होगा, मैं जाऊँगी। मैंने तुम्हारे फादर ...*(फिर सहसा ओंठ चबाकर)* अब वे कभी ऐसी फालतू की बातें नहीं करेंगे। *(और चली जाती है)*

मिसेज़ शुक्ला : यह तो जा रही है, किसी ने इसे रोका नहीं?

रत्ना : फादर का जादू-मन्तर इस पर चला नहीं दीखता है। बड़ी ख़ूबसूरत है। आँखें तो ग़ज़ब की हैं, बस देखने लायक!

[सरीन दृश्य में शामिल होती हुई]

सरीन : मैंने लूसी से बात की। वो बता रही थी कि एंजिला चली गई। फादर कुछ नहीं कर सके। उनकी ख़ुद

की तबीयत बड़ी ख़राब हो रही है। मदर उनकी देखभाल कर रही हैं। फादर हम सब पर भी बड़ा रोब जमाया करते थे, एंजिला ने उनका नशा डाउन कर दिया। एंजिला को सुधार नहीं सके।

[फिर से वर्तमान के दृश्य में वापसी]

मिसेज़ शुक्ला : और तीन दिन बाद लूसी भी भाग गई। इसके बाद तो चर्च के चारों ओर ऊँची-ऊँची दीवारें खड़ी कर दी गईं।

बंटी : क्या कहानी थी! और लोग कहते हैं कि मन्नू भंडारी ने स्त्रियों की यौन-कामनाओं पर नहीं लिखा।

कनिका : फिर तुम इसे सपाट ढंग से देख रहे हो।

शकुन : समझने की ज़रूरत है। कहानी कहाँ से आती है—जीवन से, अनुभव से। वहीं से सत्य निकलता है—सुविधा का, दुविधा का, समर्पण का और विद्रोह का भी। एक कहानी के भीतर कई कहानियाँ होती हैं।

कनिका : और कई कहानियों के भीतर भी एक बड़ी कहानी होती है।

शकुन : जैसे हम हैं—कई किरदारों के भीतर।

दीपा : जैसे हम हैं—अलग-अलग किरदार भी। एक भी। एक-दूसरे में समाए हुए, एक-दूसरे को समेटते हुए।

कनिका : हमारी डोर आपस में बँधी है। हमें जोड़ती है।

दीपा : लेकिन क्या बस कठपुतलियाँ हैं हम? जो डोर हमें जोड़ती है, वो तो *(मन्नू भंडारी की तस्वीर की ओर इशारा करती हुई)* उनके हाथ में थी। उन्होंने हमें जैसे चाहा, बनाया और नचाया।

शकुन : नहीं, इस डोर से वो भी बँधी थीं। कठपुतलियाँ भी बनाती हैं अपने कलाकार को। मिट्टी भी गढ़ती है कुम्हार को। वो हम सब में थीं—हम सब उनमें थे।

रमा : और वे हमें तरह-तरह से तैयार कर रही थीं। याद है उनकी स्त्री-सुबोधनी।

कनिका : बिलकुल। कितनी मज़ेदार थी। शादीशुदा पुरुष का प्रेम।

शकुन : लिखा था उन्होंने—ऐसे प्रेम में सारे तुरुप के पत्ते पुरुष के हाथ।

तुरुप का इक्का—यानी घर उसके पास।

तुरुप का बादशाह—यानी बच्चा उसके पास।

तुरुप की बेगम—यानी बीवी और प्रेम करने के लिए प्रेमिका—उसके पास

तुरुप का! गुलाम—यानी नौकर-चाकर, गाड़ी-बँगला उसके पास।

रमा : और वह शिंदे? प्रेमिका को फुसलाता रहा, बीवी को खलनायक बनाता रहा, अपने आँसुओं से

अपना प्रेम सींचता रहा।

शकुन : इसीलिए कहा था उन्होंने—

[फिर एक-एक कर अलग-अलग वाक्य अलग-अलग किरदार दुहराती हैं—मंच के अलग-अलग हिस्सों में आवाजाही करते हुए।]

—भूलकर भी शादीशुदा आदमी के प्रेम में मत पड़िए।

—दिव्य और महान प्रेम की खातिर बीवी-बच्चों को दाँव पर लगाने वाले प्रेमवीरों की यहाँ पैदावार ही नहीं होती।

—दो नावों पर पैर रखने वाले शूरवीर ज़रूर सरेआम मिल जाएँगे।

—हाँ, शादीशुदा औरतें चाहें तो भले ही शादीशुदा आदमी से प्रेम कर लें।

—जब तक चाहा प्रेम किया, मन भर गया तो लौटकर अपने खूँटे पर।

[सब मिलकर दुहराती हैं।]

—न डर न घोटाला, जब प्रेम में लगा हो शादी का ताला।

शकुन : *(हँसते हुए)* यह थी उनकी स्त्री सुबोधिनी। बेलाग

बात बेलाग तरीक़े से।

बंटी : और वो कहानी अब भी चल रही है।

कनिका : कहानी नहीं, कहानियाँ—वो सारी कहानियाँ।

दीपा : बदले हुए दौर की बदली हुई लड़कियों की कहानियाँ। हम पीछे छूटे किरदार नहीं हैं। हम अपनी बेटियों में साँस लेती हैं।

शकुन : पता है? मेरी बेटी—वही, डॉक्टर साहब की जोत—सॉफ्टवेयर इंजीनियर है।

कनिका : अच्छा, उसके बच्चे?

शकुन : अरे, उसने शादी ही कहाँ की।

कनिका : सब अपनी मर्ज़ी की मालिक हैं।

दीपा : हमारी बेटी पायलट है—पायलट।

शकुन : हमारी बेटियाँ अब अपने आसमान खोज रही हैं, अपनी उड़ानें भर रही हैं।

कनिका : और वे कहानियाँ भी लिख रही हैं—नये दौर की नई कहानियाँ।

तीनों एक साथ : ये मन्नू की बेटियाँ हैं—हम मन्नू की बेटियाँ हैं। अलग-अलग किरदार अलग-अलग संवाद बोलते हुए...

—लोग हमें बादल समझते रहे

—जबकि हमारे भीतर भी बिजलियाँ थीं

—लोगों ने हमें शीतल हवा का झोंका समझा

—जबकि हमारे भीतर भी आँधियाँ थीं

—लोगों ने समझा—हम एक पुराना ख़याल थे
—जबकि हम नये दौर का सवाल थे
—हममें पुराने ज़माने की लड़कियाँ भी थीं
—हममें मीरा भी थी राबिया भी थी

गीत

हैं मन्नू की बेटियाँ हम
बिजली की बरछियाँ हम
ज़माने से कब रुके हम
थकाने से कब थके हम
जिन्हें रोक न पाई दुनिया
वो बेचैन आँधियाँ हम
हम ही हैं वो मीरा बाग़ी
ललद्यद भी हममें जागी
अक्क महादेवी भी हममें
और अहसासे राबिया हम
जिसे चलना है बराबर
और बदलना है बराबर
बराबरी का वो कारवाँ हम
हैं मन्नू की बेटियाँ हम
मन्नू की बेटियाँ हम।